口入屋用心棒

待伏せの渓

鈴木英治

双葉文庫

目次

待伏せの渓《たに》　口入屋用心棒

第一章

一

獣のようなうなり声がきこえ、眠りが浅くなった。

それをきっかけに、背中がむずがゆくなる歯ぎしり、なにかを咀嚼《そしゃく》しているかのような寝言が頭に入りこんできた。

たまらぬな。

わずかに顔をしかめ、湯瀬《ゆせ》直之進《なおのしん》は目をそっとあけた。

部屋は暗いが、東海道沿いに常夜灯が置かれているらしく、うっすらとした光が半分ばかりあけられた障子窓から忍びこみ、布団や畳をほんのりと明るくしている。重なり合った障子窓の木枠の影が、夜空を背景にぼんやりと浮かんでいた。

闇に慣れた目を転じると、天井についた薄汚れたしみまでもはっきりとわかった。

起きてしまったな。

直之進はすばやくあたりの気配を嗅いだ。

害をなそうと近づいてくる者はいない。

ふっと息を一つついて、直之進は目を軽くこすった。

獣のようなうなり声は、いびきだった。いびきは一つではなく、この部屋にいる全員がかいている。廊下に面している腰高障子が小刻みに震えているのではないか、と思えるほど強烈なものもまじっている。

耳をふさいでみたものの、いびきは消えてくれない。直之進は静かに寝返りを打った。

腹にかけていた薄い布団が、柔らかな音を立てて滑り落ちる。しっかりと抱いていた刀は右手で握り締めたままだ。

布団が取れたおかげで、少しは涼しくなった。

部屋は蒸し暑くてならない。夜の到来とともに風はぴたりととまり、障子窓はただあいているにすぎなかった。

今、直之進は小田原宿の旅籠《はたご》に泊まっている。宿の厚意で蚊帳《かや》がつられ、この六畳間に蚊は一匹もいないが、風がまったく入りこまない上に人いきれもあって、さすがに寝苦しい。

相部屋になっているほかの五人は、薄い布団などとっくにかけていなかった。体を折り曲げて、布団を枕代わりにしている者もいる。誰もが今日の疲れを少しでも癒せるように、眠りに集中していた。

対して直之進はまったく熟睡できない。眠りの海の、波打ち際を行ったり来たりしている。

正直、他の者がうらやましい。

ここまで寝つきが悪いのは、やはり緊張を強《し》いられているからだろう。いつ狙われるものか。

その思いが、心と体をきつく締めつけている。

小心だな、と自分でも思う。

沼里《ぬまざと》で殺された中老の山口掃部助《やまぐちかもんのすけ》。主君の又太郎《またたろう》の信頼が、ひじょうに厚かったときいている。

それがおよそ十日前の夜、沼里城から下がった際、供の者もろとも斬り殺された。掃部助の首は切り取られ、胴体のみ路上に残されていた。

山口掃部助の生首は、直之進に見せつけるためひそかに江戸に運ばれた。首桶をのぞきこむ前に、すでに誰の首が入れられているのか、直之進に見当はついていたが、それでも驚きは隠せなかった。一緒にいた札差の登兵衛《とうべえ》の配下である和四郎《わしろう》は、声をあげてあとずさったほどだ。

誰がどうしてあのような真似をしたのか。

考えるまでもなかった。

又太郎さまの身に、危険が迫っていることを俺に教えるためだろう。これは、明らかに老中首座堀田《ほった》備中《びっちゅう》守《のかみ》正朝《まさとも》の使嗾《しそう》によるものだ。

これまで腐り米の横流しなど、私腹を肥やすために悪事をはたらいている者の正体をつかもうと、直之進は登兵衛とともに苦闘を重ねてきたが、ついに黒幕の正体が堀田備中守ではないか、という確信を抱くに至ったのである。

堀田備中守の手の者は、俺を沼里に誘っているのだ。湯瀬直之進という男を邪魔者と見なし、江戸ではなく沼里という土地で亡き者にしようと考えている。

山口掃部助を殺した堀田備中守の手の者とは一度、剣をまじえたことがあるが、相当の遣い手だ。

もしかすると負けるかもしれぬ、との思いが直之進にはある。自分より強い者がこの世にいないと思うほど直之進は傲岸《ごうがん》ではないが、やはり驚きは強い。

ただ、それよりもっと驚いたことは、戦っている最中、あの男の顔ががらりと別人のように変わることだ。あれはいったいなんなのだろうか。

あの堀田備中守の手の者は、平川琢ノ介《ひらかわたくのすけ》の弟が仕えていた大名家の領内にも姿をあらわしている。

その大名家は取り潰しになったばかりだ。国元に戻った当主の義基《よしもと》が風邪をこじらせ、急逝したゆえである。

参勤交代で当主が国元に帰っている最中に急死した場合、そのようなときに備えて、跡取りが誰であるかを明記し、つつがなく家を継げるように依頼する書を老中に預けておくことが慣例となっており、義基も同じ手続きを踏んでから江戸を離れたはずなのだが、どういうわけか、その書を老中は、受け取ってなどおらぬ、といい放ったらしいのだ。

死んだ義基はまだ嗣子《しし》がなく、年若い弟を跡継に定めていたらしいが、それは認められず、琢ノ介の弟の主家はあっけなく断絶の憂き目に遭ったのである。

書を受け取っていないといい張り、大名家を取り潰しに追いこんだ老中は、阿《あ》部播磨守《べはりまのかみ》といい、備後福山十万石のあるじである。

この男は、堀田備中守の一派といわれており、今回の大名家の取り潰しに老中首座の意が働いていないと考えるのには無理がある。

当主義基も、風邪をこじらせて死んだのではなく、堀田備中守の手の者によって命を縮められたと考えたほうがしっくりくる。

となると、と直之進は考えてさらに目が冴えてきてしまう。次にあの男が狙うのは、又太郎さまにちがいない。

山口掃部助さまの生首を見せつけたのはこの俺を沼里に誘うため、というのはまず疑いようがない。

だからといって、もし俺がその誘いに乗らず沼里に行かずにいれば、又太郎さまはおそらく亡き者にされてしまうだろう。

とにかくやつは、沼里での対決を願っている。

どうして沼里なのか。

おそらく、佐之助《さのすけ》が邪魔なのだろう。

殺し屋の倉田《くらた》佐之助。今は殺しをやめたのか、仕事を一切《いっさい》請け負っていないようだが、一年半前、中老の宮田《みやた》彦兵衛《ひこべえ》の依頼を受けて、夏井与兵衛《なついよへえ》という沼里の末席家老、藤村円四郎という使番、夏井の家臣の古田左近の三人を闇討ちにした。

藤村円四郎は千勢《ちせ》の想い人で、その仇討のために千勢は夫の直之進を捨てて沼里を出奔し、江戸に出た。

それが、この一年、さまざまなことがあり、今では千勢と佐之助は想い合う仲になっている。

そういうこともあって、一度、死闘をかわしたきり、直之進は佐之助と刃をまじえておらず、最近ではともに共通の敵に向かうことすらある。

倉田佐之助と湯瀬直之進。この二人を相手にしては、顔ががらりと変わるあの男もさすがに勝ち目がないことを覚り、二人を切り離すことにしたのだろう。

だからといって、沼里への旅の途上では、この俺を狙ってくることはないということにはならない。

今、自分は佐之助と一緒ではない。佐之助は昨日の朝、見送るためか姿をあらわしたが、沼里は魚がうまいそうだな、といった。その言葉をきく限り、すでに沼里に赴くつもりになっているようだ。

とはいっても、今はあの顔の変わる男の狙い通り、俺は一人になっている。決して油断はできない。

今、対峙している堀田備中守をはじめとする敵たちは、湯瀬直之進という男をこの世から除くためなら、きっとどんな手段もいとわぬだろう。沼里におびき寄せようとしているのは見せかけにすぎず、本当は旅の途中で屠《ほふ》ろうと意図しているのかもしれなかった。

それに、ここ小田原のあるじの大久保《おおくぼ》家は、堀田備中守の一派であるという話を雇い主の登兵衛からきかされている。なにが起きるかわからなかった。決して気をゆるめることはできぬ。

途切れることのないいびきや歯ぎしり、寝言のなか、直之進は強く思った。

脳裏に別の顔があらわれた。

登兵衛どの、和四郎どのたちは息災だろうか。

登兵衛は蔵前の札差だが、田端村に別邸を持ち、そこを本拠としている。もとは侍で、腐り米のことなどがあり、不正を暴くために株を買ってわざわざ札差になったのだろう、と直之進は思っている。

直之進は登兵衛の警護役として雇われたが、今、その役は徳左衛門《とくざえもん》という元旗本にまかせている。

徳左衛門どのなら、まちがいあるまい。なにがあっても登兵衛どのを守りきってくれるはずだ。

うがっ。

そのいびきを潮に、衝立《ついたて》の向こうにいる相客の一人が呼吸をまったくしなくなった。

いつまた息をはじめるのか、それが気になり、直之進はますます眠れなくなった。

男の息は戻ってこない。横になったまま沈黙を保っているようだ。

大丈夫なのか。

直之進は衝立の向こう側を見ようと体を起こしかけた。

その気配を敏感に感じ取ったのか、男がまたいびきをかきはじめた。

ふう、よかった。

直之進は胸をなでおろした。すぐに苦笑する。

俺も人がよいな。人の心配などしている場合ではないのに。

今は少しでも眠っておきたかった。明日、箱根を越える。その先には三島宿があり、次の宿場が沼里だ。

明日の夕刻には着くが、睡眠が足りないまま箱根越えをするのはつらい。箱根では敵の襲撃があるのではないか、との思いを払拭《ふっしょく》できずにいる。

昨日は藤沢宿に泊まったが、やはりあまり眠れず、東海道を上る今日の足取りはひじょうに重かった。

これではまた明日も同じことの繰り返しだ。

直之進は目を閉じた。

せめてこの盛大ないびきが消えてくれればまたちがうのだろうが、それはかなわぬ願いだろう。

今、何刻なのか。

目をつむったまま直之進は考えた。もう九つはまわっただろうか。まわっているのなら、あと二刻くらいで出立できるだろう。

二刻くらいなら起きているほうがいいか。いや、それよりもいま発《た》って、夜道を行くほうがいいのではないか。

そんなことを考えたが、やはり体を休めるために、二刻でも眠ったほうがいい。二日続きの睡眠不足は、やはり避けたい。

だが、寝つけない。眠れぬまでも目を閉じているだけでも疲れが取れるということは、なんとなく知っている。しかし眠ったほうがずっといいのは確かだ。

なにか考えよう。

思いだしたのは、昨日、藤沢宿の旅籠を出立する寸前に起きたことだった。

直之進のいた部屋の隣の間で寝ていた旅人が死んでいたのだ。変死だった。その男は商人で、二人連れだったが、一緒に旅をしている男が早立ちのために揺り起こしたところ、すでに冷たくなっていた。

暗いなか、同じように旅支度をはじめていた直之進のもとにも騒ぎが届き、直之進は死んでいる男が戸板にのせられて出てゆくところをこの目で見た。手慣れた感じで運びこまれた三つの行灯《あんどん》のせいで、部屋はかなり明るくなっていた。その明るさのなか直之進は、男が寝ていた枕に、赤い染みがぽつりとついているのを見た。

あれは血だったのではないか。

あの男、まさか殺されたのではないだろうか。

もしやあれは、本当は俺を狙ったものではなかったのか。

死んだ旅人は、巻き添えを食ったことになる。そう思うと、やりきれない思いでたまらなくなる。

だが、自分を狙ったはずなのに、どうして隣の間の旅人が殺されるのか。

敵をほめるわけではないが、そんなへまをするような者どもではあるまい。

それにしても、と考えて直之進は心中で首を振った。じかに自分の身に起きたというわけではないが、あの旅人の死は胸に暗い影を落としている。

自分があのような姿になるとは考えないようにしているが、一寸先は闇、という言葉もある。人はほんのわずかな将来も見通せない。

あの旅人も、まさか次の日の朝、目を覚まさないと考えて眠りについたはずがない。

人生というのは、まったく予期しない暗転がある。

それが降りかかってくるのは、まさに次の瞬間かもしれなかった。

いつの間にか眠りに引きこまれていたようだ。四半刻ほどうつらうつらしたようにも思えるが、あまり眠っていなかったようにも感じられる。

いびきや歯ぎしりは相変わらず続いている。

「火事だあ」

怒鳴るような声が、いきなり頭に響いてきた。

なにごとだ。今、火事といったのか。

直之進は刀を手に握ったまま、がばっとはね起きた。

いびきや歯ぎしりがいっぺんに消えた。

今いるのは二階だが、階下が騒がしい。

「火事でございます。お客さま、はやくお逃げください」

宿の者がいいまわっているようだ。階段を駆けあがってくる足音がきこえた。

「火事でございます」

目の前の廊下で宿の者が声を張りあげる。

「お逃げになってください」

がらりと腰高障子があけられる。そのときにはすでに直之進は相客たちを起こし、自分の荷物はまとめていた。いつでも部屋はあとにできる。

「どこが燃えている」

直之進は、大声をあげている番頭らしい者にたずねた。

「一階の台所から火が出ています」

そうか、と直之進はうなずいた。

「はやくお逃げになってください」

「わかった」

他の部屋からも、次々に客が廊下に姿を見せはじめている。それが階段に殺到しようとしていた。

直之進は、そのなかに自分を狙っている者がいないか、冷静に見定めた。

直之進に目をくれようとする者は一人もいなかった。

よし、行くか。

両刀を腰にねじこみ、直之進は廊下を進みはじめた。同じ部屋にいた相客たちは、とうにいなくなっている。

客のなかでは最後に階段をくだった。草鞋《わらじ》を履いて土間におりた。昼間は暖簾《のれん》がかかっていたところには、今はなにもなかった。静かに外に出る。

東海道は人でひしめき合っていた。火事と知って外に出てきた他の旅籠の宿泊者と町の者がほとんどのようだ。火事を一目見ようと、押し合いへし合いしている。まるで江戸の祭りのようだ。

自分に視線を向けてきている者や殺気を発している者、襲いかかってこようとしている者がいないか、直之進は油断なくあたりを見まわした。

見た限りでは、そういう者はいなかった。

火消したちがやってきた。横の路地から台所のほうにまわってゆく。柱や梁《はり》が燃えているのか木の焦げるにおいが濃く漂い、庭の木々に映る橙色《だいだいいろ》がゆらゆらと揺れているのが見えた。それでも、たいした火事にはなっていないように感じられた。

ぼや程度にすぎず、小半刻くらいで鎮火するのではないかと思えた。死者どころか、怪我人さえも出なかったようだ。

これももしや俺を狙ったものではないのか。

考えすぎだろうか。

こんな火事を起こしたところで、俺を焼き殺せぬことは、敵もよくわかっているはずだ。

それにしても、昨日の旅人の死といい、今夜の火事騒ぎといい、心の安まる暇がない。

しかし、このくらいのことは覚悟していたことだ。こんなことでへこたれることは決してない。

直之進は江戸の方角の空を見た。

白んできている。低い雲が帯のように広がっていた。雲の切れ目はかすかながらも陽の色に染まりはじめている。

またろくに眠れなかったな。

火事場の興奮がおさまるにつれ、体のだるさをじわじわと感じはじめた。

行くしかあるまい。

直之進は刀の柄《つか》を握り締めた。首を転じ、覆いかぶさってくるような山容《さんよう》を見あげた。

箱根は行く手を阻むかのように、黒々とした巨大な影となってそびえている。

直之進は昂然と顎をあげ、箱根の山々を見つめた。

あそこでどんな苦難、困難が待ち構えていようと、必ず越えてみせる。

二

ああ、いったいどうしているのかねえ。

樺山富士太郎《かばやまふじたろう》は心配で胸が潰れそうだ。

直之進さん、今頃、なにをしているのかねえ。小田原あたりの旅籠で眠っているのかねえ。それとも、夜道をひたすら歩いているのかねえ。

もし夜道を行っているのなら、きっと箱根にちがいない。そんな気がした。箱根はいまだに山賊が出るっていうからねえ。まさか直之進さん、襲われたりしないかねえ。いくら直之進さんが遣い手といっても、心配だねえ。数をそろえて来られたら、直之進さんでも危ないんじゃないかねえ。――馬鹿、そんなことを考えるんじゃないよ。本当にそうなっちまったらどうするんだい。

富士太郎は両手を合わせて裸足でたたたと走り、稲荷社の前に来た。顔に汗をびっしょりとかいている。触れると、髪もざんばらになりそうになっていた。鏡で見れば、芝居でよく目にする落人《おちうど》のようになっているのではないか。

いやだ、いやだ、こんな姿、直之進さんには見せられないねえ。

富士太郎は腰につるした手ぬぐいで顔や首筋の汗をふき、髪を指先でととのえた。

でも、この必死な姿、見せたい気もするねえ。これだけがんばっているところを目の当たりにすれば、もしや直之進さんが振り向いてくれるのではないかねえ。

稲荷社に向き直って、富士太郎は合掌低頭した。

「どうか、直之進さんをお守りくださいますように」

くるりときびすを返し、富士太郎は五間ばかり離れている平たい石に駆け寄った。これを百度石に見立てている。

この石のところでまた体をひるがえし、稲荷社に向かって走る。稲荷社の前で同じ言葉を繰り返す。

ふう、これで九十七度目だねえ。あと三回か。

定廻り同心として常に江戸の町を走りまわっているものの、今はほとんど休みなしで駆け続けているので、さすがに息があがりはじめている。

百度参りは本来なら神社や寺の境内ですべきだが、町方として寺社に立ち入ることは禁じられている。

こうして仕事でないときお参りに境内へ入るくらいはかまわないのだろうが、けじめをつけるために富士太郎は八丁堀の屋敷の庭でお百度を踏んでいる。

昨日の朝はやく直之進は江戸を発ち、沼里に向かった。もちろん富士太郎も見送りに行った。

朝靄のなか、だんだんと遠ざかってゆく直之進をじっと見ているのは、つらくて切なかった。

涙があふれてきて、直之進の姿が見にくくなり、こんなときにどうして出てきちまうんだい、と自分に怒ってもみた。これが最後のお別れになってしまうのではないか。そんな馬鹿なことも考えた。

できれば、直之進にしがみつくようにしてついてゆきたかった。そうできたら、どんなに幸せだっただろう。

しかし、自分には全《まっと》うしなければならないつとめがある。直之進が慕わしくてならないといっても、定廻りという責任のある仕事を放りだすわけにはいかない。

心を鬼にするような気持ちで富士太郎は足を踏ん張り、その場にとどまったのである。

直之進の無事を祈る百度参りは昨日の夜からはじめた。

効き目があるといいんだけどねえ。

富士太郎は走りながらぼんやりと思った。

いけないいよ。なにを弱気なこと、いっているんだい。

富士太郎は自らを叱った。

効き目があるに決まっているじゃないか。おいらの直之進さんを想う気持ちは誰よりも強いのだから。この願いは届くに決まっているよ。

富士太郎は空を見あげた。すでに紺色に変わりつつあった。お百度をはじめた頃は光の砂をぶちまけたようだった星の数がずいぶんと少なくなり、一際《ひときわ》大きなものだけが最後の輝きを見せている。

東の空は白んできていた。雲が霞のようにたなびいている。厚みのあるところは陽の光が抜けないのか、黒く見えていた。

なかなかいい景色だねえ。でもときがたつのははやいねえ、もう夜明けだよ。

眠けがある。はやめに就寝して、家族が深い眠りに入った頃を見計らって富士太郎は起きだした。

直之進のためとはいえ、眠気をこらえ、目をこすりつつ裸足で庭に出て、お百度を踏みはじめたのだ。

よし、これが最後だね。

富士太郎は稲荷社の前に行き、深々と辞儀をした。

静かに顔をあげる。

ふう、終わった。

およそ一刻ばかりで、今夜の百度参りは終わりを告げた。昨日も同じような刻限におしまいになった。

一刻程度なら、仕事にさわりが出るようなこともないだろうね。

しかし、やはり眠いことは眠い。もともと長いこと眠っていたいたちだ。これは富士太郎の若さもあるのだろう。

以前、母親が話していたことだが、富士太郎のように若い頃は眠くて眠くてたまらなかったという。それが歳を取るにつれ、だんだん眠くなくなってゆくとのことだ。

おいらもそのうちそうなるのかねえ。今にもまぶたが落ちそうなのに、これがなくなってしまうってのはほんと、不思議だねえ。

さて、どうしようか。

富士太郎は腰高障子があいたままの自分の部屋を見た。布団は敷きっぱなしだ。

あれに横たわったら、さぞ気持ちいいだろうねえ。

だが、そんなことをしたら、出仕に遅れてしまうかもしれない。

そいつはまずいねえ。これまで一度も遅れたことはないのにさ。

しかし富士太郎は誘惑に勝てなかった。

寝るんじゃないんだからね。ちょっと横になるだけなんだからさ。

富士太郎は術にでもかけられたようにふらふらと部屋に近づいた。沓脱《くつぬ》ぎから濡縁《ぬれえん》にあがろうとして足の裏の汚さに気づき、手近の雑巾でふいた。真っ黒になった。

うわ、すごいねえ。

考えてみれば、足の裏は昨日も同じような汚れ方だった。

こんなのは、とても直之進さんには見せられないねえ。

あまりの汚さに一瞬、眠気が飛んだように感じたが、あっけないほどすぐに舞い戻ってきた。部屋にあがりこんだ富士太郎は寝床に倒れこんだ。

枕に頭を預け、そっと目を閉じる。まわりの景色があっという間に消えていった。

風が少しあり、部屋にふんわりと入ってくる。庭の梢を騒がす音が、どこか次の季節のような感じを伝える。

ああ、じきに秋がやってくるんだねえ。今はまだ暑いけど、少しずつ涼しくなってゆくんだろうねえ。

さわやかな風を浴びて、富士太郎は自然に体から力が抜けた。ため息が出そうなくらいに気持ちいい。

いいかい、眠っちゃいけないよ。目を閉じているだけなんだからね。

自分にいいきかせたが、富士太郎はすでにいびきをかいていた。


「旦那、どうしたんですかい」

背後から中間の珠吉《たまきち》にきかれた。

富士太郎は振り返った。まともに日の光が当たり、暑い。明け方は雲があり、涼しい風も吹いていたが、太陽があがりはじめると同時に雲はどこかに去り、風はぱったりとやんだ。体のなかにいろりが据えつけられたかのように暑くてならない。

富士太郎は汗を手ぬぐいでせわしくふいた。少しはさっぱりしたが、どうせまた汗は泉のようにわきだしてくる。暑いのは好きだが、ここまで暑いとさすがにつらい。

「どうかしたって、なにがだい」

「なにか元気がないみたいですよ」

「今のおいらに元気をだせっていうほうが無理な相談だよ」

珠吉がしわを深めて笑う。

「湯瀬の旦那が、いらっしゃらないからですね」

「そうに決まっているだろ」

「あっしに当たったところで、湯瀬の旦那は帰ってきませんぜ」

珠吉が前に出て、富士太郎の顔をのぞきこんできた。

「昨日と同じ顔をしていますね。またあまり寝ていないんじゃないんですかい」

「寝たよ」

富士太郎は苦笑を浮かべた。

「寝すぎて、今朝は危うく遅れるところだったよ」

「へえ、旦那がですかい。珍しいこともあるものですね」

「ぎりぎりだったよ。肝が冷えたよ」

「でも寝すぎたってのは、嘘でしょう」

珠吉が思わせぶりに顎をなでる。

「湯瀬の旦那の無事を願って、お百度でも踏んでいるんじゃありませんかい」

富士太郎は目をみはった。

「どうしてわかるんだい」

珠吉がにっと笑う。

「旦那のすることなんざ、すべてお見通しですよ。なにしろ、こんなちっこい頃から旦那のことは知っているんですからねえ」

珠吉が赤子を抱くような仕草をし、自慢げに鼻をうごめかす。

「そうだったね、おいらは珠吉におしめを替えてもらったんだった」

「ええ、ええ。旦那は、赤子の頃から立派なものを持っていましたよ。——それがいつからかこんなふうになっちまって、まったくもったいないったらありゃしねえ」

一転、ぼやくようにいった。

「こんなふうになっちまったなんて、珠吉、なんてこというんだい」

「だってそうでやしょう。旦那は男のくせに男が好きなんですから」

「そういうのはおいらだけじゃないよ。それに珠吉、勘ちがいしているようだからいっておくけど、おいらは男が好きなんじゃなくて、直之進さんが好きなんだよ」

「直之進さんはれっきとした男ですよ。それに、旦那はこれからも女相手にあれをつかうことがないんですねえ。まったく宝の持ち腐れ以外のなにものでもないですねえ。もったいねえや」

なんといい返せばいいか、富士太郎は言葉を探した。しかし、いい台詞《せりふ》は浮かんでこない。じりじりする。

ちくしょう、珠吉のやつ、ぶん殴ってやろうかね。でも、珠吉はもう六十だっていうのに、腕っ節も強いからねえ。ここはやめておこうかね。

もっとも、殴り返されることがないのはわかっているし、富士太郎自身、珠吉を殴る気など、はなからない。

「しかし珠吉、今日はずいぶんとおいらを責めるねえ。どこか虫の居どころでも悪いのかい」

珠吉が首をひねる。

「いや、別にそんなこともないんですけど、責めていましたかい」

「責めてたよ」

珠吉が頭を下げる。

「そいつは旦那に向かって、失礼をいたしやした。ご勘弁くだせえ」

「謝ることはないんだよ。それに、いいたいことはいってもらったほうが、お互いすっきりしていいからね」

珠吉が畏敬の目で見る。

「そういうところは、いかにも旦那らしいですねえ。あっしのような者にも思いやる気持ちをきっちりと持っている。すばらしいですねえ」

富士太郎は照れた。

「ほめすぎだよ、珠吉」

珠吉がにっこりと笑った。

「ほっぺを真っ赤にしているところなんざ、本当に娘っ子みてえですねえ」

「そうかい」

「そうですとも」

それからしばらく二人は黙って歩いた。富士太郎の脳裏に浮かぶのは、直之進の面影だけだ。

本当に大丈夫だろうか。

案じられてならなかった。

富士太郎は直之進の住む長屋があり、昵懇《じっこん》にしている口入屋の米田屋《よねだや》もある小《こ》日向《ひなた》東古川町に向かっていた。そのあたり一帯は富士太郎の縄張でもある。

東古川町に入る前、小日向水道町の自身番に声をかけた。暑さのせいで、戸はあけ放たれている。

「ああ、これは樺山の旦那」

三畳ばかりの畳敷きの間につめているのは、町役人や書役など五人ばかりだ。そのほかに、ひょろりとした肌の浅黒い男が土間に突っ立っている。

せまい場所に人が集まっているために、ますます暑くなっているのがわかり、富士太郎はなかに入るのをためらった。

なじみの町役人の一人があわてたように土間におり、道に出てきて、深く腰を折った。顔がひどく紅潮している。これは暑さのせいばかりではないようだ。その証拠に、目がつりあがっている。

「どうした、なにかあったのかい」

富士太郎は覚悟を決め、敷居をひょいと越えた。むっとする暑さに包まれる。うしろに珠吉が続く。

「ええ、今、御番所に使いを走らせようとしていたんですけど」

富士太郎は上に座るように勧められたが、断り、土間に立ったままでいた。珠吉は斜めうしろに控えている。

ひょろりとした若い男は、壁際に一歩下がった。長身の富士太郎と同じくらいの背の高さだ。自身番内に鼻をつく甘酸っぱいようなにおいがつまっているのは、この男のせいだろう。

富士太郎はちょっぴりうっとりし、鼻をくんくんさせた。

「旦那、鼻がどうかしましたかい」

珠吉にきかれた。

「こういうにおい、きらいじゃないんだよ」

富士太郎は珠吉にささやきかけた。

「この汗臭いのですかい」

珠吉も小さく返してきた。

「えっ、珠吉には汗臭さしかわからないのかい」

「ええ、ほかのにおいはしませんけどねえ。旦那は女のように鼻がききますね」

「おいらはれっきとした男だよ」

富士太郎は町役人に顔を向けた。

「待たせたね。さっそく話をきかせてくれるかい」

承知いたしました、といって町役人が語りはじめた。

「今朝のことでございます。若い男が大怪我を負って、路地裏で倒れていたんでございます。死んでもおかしくない怪我だったようで、男を見つけたばあさんが近所に知らせて、お医者に担ぎこんだのでございます」

「うん」

ききたいことはあったが、話の腰を折ることがないように富士太郎は相づちだけを打った。

「男はいまだに眠りこんだままで、目を覚まそうといたしません」

「それで」

「お医者の話だと、いずれも殴られたり蹴られたりしてできた傷とのことでございます。そうとわかった以上、放っておくことはできず、今まさに御番所に使いを走らせようとしていたところに、樺山の旦那が計ったようにいらしたんでございます」

「そういうことかい」

富士太郎は、右側に立つひょろりとした男に目を向けた。この男が町奉行所に走ろうとしていたのだろう。

「その若い男の名や身元はわかっているのかい」

「いえ、まだにございます」

「やはりね。つまりこの町内の者ではないということかい」

「そういうことではないかと思います」

「男が殴られたり蹴られたりしているってのは、まちがいないんだね」

「ええ、男を診《み》たお医者がそうおっしゃっていますから」

「男がやられたところを見た者は、いないのかい」

「今のところ、名乗り出た者はおりません」

「死んでもおかしくない傷というのは、相当ひどくやられたということだね」

「はい、顔の形が変わるくらいこっぴどくやられています」

そんなにかい。

その顔を想像して、富士太郎は暗澹《あんたん》たる思いにとらわれた。

「やられたのは、昨夜のことだね」

「はい、そうだと思います」

「路地裏で見つかったといったけど、どのあたりだい」

「花須味《かすみ》という料亭をご存じでございますか」

「ああ、知っているよ。その角を左に行ったちょっと先にあるね。名がしゃれているからよく覚えているよ。一度も入ったことはないけど」

「お入りにならなくて、けっこうでございました。その名の通り、霞を食っているみたいな薄い味のつまみや肴《さかな》ばかりだす店でございますから」

ふーん、そういう店だったのかい、と富士太郎は思った。

「男が見つかったのは、花須味の裏手の路地でございます」

「男がそれだけ手ひどくやられたってことは、かなりの物音がしたと思うのだけれど、きいた者はいないのかい」

「それもまだ名乗り出る者はおりません」

「そうかい。そいつは残念だねえ」

富士太郎は顔をまわし、自身番を見渡した。上がり框《かまち》はすりきれかけており、柱は手垢で渋い光沢を帯びている。天井もたばこの煙やら煤《すす》やらで、汚れていた。いくら掃除をしても取り切れない汚れだろう。

かなり古い自身番で、これまでいくつもの火事をくぐり抜けてきているのは紛れもなかった。戦《いくさ》でいうなら、歴戦の勇士といったところか。

「男に会わせてもらえるかい」

「もちろんでございますとも」

町役人の案内で、男が担ぎこまれた医者に向かった。

医者は実源《じつげん》といい、垂れ下がった眉毛と山羊《やぎ》のような顎ひげが真っ白になっていた。頭を丸めているが、五分ほど伸びた髪は灰色がかなり混じっている。目が鋭く、どこか不機嫌そうに見えた。

「男の容態は」

町役人が実源にきいた。

「変わりありません」

どすのきいた低い声だ。

「お役人が見えたから、様子をご覧になっていただきますよ」

「どうぞ」

実源が気軽に立ちあがり、隣の間の襖をあけた。

隣の部屋には布団が一つ敷いてあり、男が横たわっていた。顔を晒《さら》しでぐるぐる巻きにされている。それでも腫《は》れあがった目が見えている。閉じているように思えた。きこえてくる寝息は安らかなものに感じられた。

富士太郎は珠吉をうながして、男の枕元に正座した。顔をのぞきこむ。

むっ、と声が出そうになった。近くで見ると、まぶたは何ヶ所も切れて、赤黒く腫れ、白目が見えていた。

「よくここまでやりやがったもんだ」

珠吉が憤然とした思いを抑えこんだような口調でいう。

「目だけじゃありませんよ」

実源がほおずきのように頰をふくらませていった。

「鼻は折れ、顎は砕け、左の頰が陥没しています。両耳はちぎれかけ、唇は切れて、元の形をとどめていません」

「そこまで」

富士太郎は絶句しかけた。

「体のほうもひどいんですか」

きくまでもないことだろうが、富士太郎には確かめる必要があった。

実源が深くうなずく。

「ご覧になりますか」

実源が布団に手をかける。

「お願いします」

布団が静かにめくられた。

こちらもひどいものだった。寝巻を着せられているが、肌が見えているところには、ほとんどあざがある。きっと全身がこんな具合だろう。

「急所はいかがですか」

「手ひどくやられていました。でも、これで役に立たなくなるようなことはないでしょう。きっとよくなりますよ」

「そうですか。では、命に別状はないんですね」

「予断は許しませんが、まず大丈夫だと思いますよ」

実源が視線を男に移した。

「これは、一人の仕業じゃないでしょうね。少なくとも二人、手前は三人でやったのではないか、とにらんでおります」

「どうして三人だと」

実源がにっと笑う。子供好きの和尚のような人なつこい表情になった。

「勘ですよ。手前は以前、検死医師もしていました。だから、この勘に狂いはないと思いますよ」

「さようでしたか、検死医師を」

「もう何十年も前の話です。お役人が生まれるだいぶ前のことですね」

珠吉なら知っているかもしれないと思い、富士太郎はちらりと目をやった。しかし、その顔を見る限り、どうやら知らないようだ。

「先生もこの男が誰か、知らないんですね」

「残念ながら」

「歳はいくつくらいに見えましたか」

そうですね、と実源が考えこむ。

「二十五から三十くらいのあいだだと思います」

「それも勘ですか」

「いや、ちがいます。肌の具合といいますか、肌つやはそこそこまだ若さを残していましたから」

「さようですか」

これ以上、きくことは思い当たらなかった。

「先生、お忙しいところ、ありがとうございました」

礼をいって富士太郎は立ちあがり、静かに部屋を出た。そのまま土間まで行き、雪駄《せった》を履いた。

「お邪魔しました」

奥に遠慮がちな声をかけて、実源の診療所をあとにした。

さらに勢いを増した陽射しに包まれて、くらっとめまいがした。

暑いねえ、まったくたまらないねえ。

心のなかでいって富士太郎は、先導する町役人のうしろに続いた。

「何者ですかね」

珠吉がきいてきた。はやくも汗を一杯にかいている。

「実源先生かい」

珠吉がにこりと笑う。実源に劣らない人なつこい笑顔だ。

「あの先生も気になりますけど、寝ていた若い男のほうですよ」

「調べるしかないね」

富士太郎は今の気持ちをあらわすように、強くいった。

「身元さえはっきりすれば、誰があそこまで執拗にやったのか、きっと明らかになるよ」

「さいですね」

歩きながら、富士太郎は腕を組んだ。

「でもあの若い男、やっぱり気になるね。何者なのかね」

「旦那はどう見ましたかい」

「うーん、そうだね。潰された目しか見ていないけど、堅気のような、堅気でないような感じに思えたんだけど、珠吉、どうかな」

珠吉が大きく顎を引いた。

「実は、あっしもそういうふうに思ったんですよ」

「そうかい、意見が一致するってのはうれしいことだね」

富士太郎は、この探索がきっとうまくいくのではないか、という確信を持った。

三

体が重い。

寝不足のせいだと直之進はわかっている。

すでに東海道は箱根に入っている。延々と続く登りがきつくてならない。

東の空で輝く太陽は強烈だ。日の光を浴び続けていると、体力の消耗がひどくなるような気がする。

だが、濃い樹影に陽射しがさえぎられると、急に涼しくなり、ほっと息がつける。

　しかし、それで体の重さが変わるわけではない。昨夜の相客たちのいびきや歯ぎしりもきつかったが、最も大きかったのはあの火事だろう。あのとき少しは眠っていた。そこを火事騒ぎで起こされたのだ。

　どうしてあんな火事が。

　今さら文句を垂れても詮ないことではあるし、眠れなかったのは自らの気持ちの弱さが理由であるのは、はっきりしているのだが、直之進としては愚痴の一つもいってみたかった。

　ただし、口にだすことは決してない。これは父の教えである。口にしてもろくなことがないのは、確かだろう。

　それにしても不思議だな、と直之進はあらためて火事のことを思った。どうしてあんな刻限に火が出たのか。

　火元は台所とのことだったが、旅籠というのはおそらくすべての火種を消してから、宿の者は就寝するのではないのか。火種が残っていないのなら、なにが火事の原因となったのか。

　火種があったとしても、どうしてあの夜明け近くの刻限だったのか。もっと前に燃えあがるのではないのか。

火事に関して直之進は素人にすぎないから、なんともいえないのだが、どうもあの火事はきな臭い。

やはり俺を狙ったものだろうか。火事を起こし、外に出てきた俺を殺す。

しかし、そのような気配は一切、あたりにはなかった。視線も感じなかった。

どうもわからぬ。

考え事をしているあいだは、暑さはさして気にならず、体の重さを思いだしている暇もなかった。

つまり、すべては気の持ちようということか。

直之進は箱根の坂を登りつつ、悟ったような気分になった。

鳥の鳴き声がいたるところからする。江戸にも鳥は多いが、それとはくらべものにならない。樹間を飛びまわりつつ、絶え間なくさえずっている。

近くを行く旅人たちに目をやる余裕もできた。これまでひたすら足を前にだすことに、力を傾けてきて、まわりを見るだけのゆとりがなかった。

さまざまな人がいる。商人らしい二人連れ、上方に遊山にでも行く男たち、僧侶、供を連れた侍、夫婦らしい男女、駕籠《かご》で行く年寄りの姿も見える。馬に二人して揺られている母娘はほほえましい。馬に横座りになった母親が、娘を膝の上で抱いている。娘は満面の笑みだ。

俺にもいつか娘ができる日がくるのだろうか。せがれでももちろんいい。きてほしいが、果たしていつになるのか。

平穏がこの身に訪れない限り、家族を持つなど無理だろう。

視線を感じた。はっと体をかたくしかけたが、誰が見ているのか、すぐにわかった。母の膝の上にいる娘が笑みを浮かべてじっと見ていた。

直之進は笑い返した。娘が破顔し、母親に熱心に話しはじめた。母親がちらちらと直之進を遠慮がちに見る。

この俺は、いったいなにに見えるのだろう。浪人だろうか。いっぱしの侍なら供を連れていて当然だが、俺は一人だ。

いや、どう見えてもかまうまい。人の目など気にしている場合ではない。とにかく今は箱根を抜けてしまうことだ。それができれば、その先、襲撃はないのではないか。

むろん、無事に箱根を通りすぎても気をゆるめることはできない。

娘はまだ直之進を見ている。直之進は馬子《まご》に目を向けた。

馬も年寄りだが、引いているほうはそれ以上に年を食っている。鋭い目をしているが、顔は善良そうで、悪さをするようには見えない。

これなら大丈夫だろう。

箱根の駕籠かきや馬子は旅人に法外な酒代をたかったり、酒代を払わない旅人をその場に置き去りにしたり、追いはぎ同然の真似をしたり、一人旅の女と見たら手込めにしようとしたりと、とにかく悪名が高いのだ。母娘はいい馬子に当たったのではないか。

途中、箱根湯本の宿場に着いた。昼餉をとる者が多いのか、湯煙があがる宿場をすぎると、人けが急に少なくなった。あの馬に乗っていた母娘の二人もどこかに消えてしまった。

さらに険しさを増してゆく坂道を、直之進は登り続けた。体が火に当たっているかのように熱い。額からわきだした汗が頬を伝わり、顎からしたたり落ちてゆく。

我慢できないほど喉が渇かない限り、腰に下げた竹筒の水を飲むことはない。腹に水を入れると、体がもっと重くなるような気がしてならない。

それでも、この暑さに我慢しきれず、何度か傾けているうちに竹筒は空《から》になった。泉はそこら中にわいており、竹筒が空になったままということはまずなかった。

湯だけでなく水も豊かなんだな。

参勤交代を含め、これまで何度か歩いたことがある箱根だが、新たな一面を見たような気持ちになった。

直之進はさらに歩き続けた。坂は登り一辺倒ではなく、下りになることもあった。平坦な道がしばらく続くこともある。そういうときには、体が重いことを忘れた。

だいぶ道に慣れてきたのか、午前にくらべたら鉛のかたまりが取れたかのように足取りは軽やかなものになっている。

これなら夕刻には予定通り、沼里に着けるやもしれぬ。

もっとも、敵の襲撃がないとは直之進も考えていない。いつか仕掛けてくるのではないか、という思いはぬぐえない。

いつからか水音がきこえてきている。わき水ではない。下からきこえてくる。

首を伸ばしてのぞきこんでみると、木々のあいだに、岩を嚙むようにして流れる川が見えた。かなりはやい流れで、透明な水と白い泡が重なり合うようにうねっている。

落ちて岩に頭をぶつけたら、と思うとぞっとした。

それからしばらくのあいだ、水音を供に足を運び続けた。まわりには人の気配はまったくない。この世に一人取り残された気分というのは、こういうものか、と直之進は思った。空は晴れているが、遠くから雷の音がきこえてきた。近づいてくるのか、としばらく耳を澄ませていたが、遠雷のまま消えていった。

水音から荒々しさが消え、やわらかなものに変わったことに直之進は気づいた。

道がやや平坦になり、茂みのあいだから見える川は流れがゆるやかになり、泡がほとんどなくなっていた。五間ほどの幅がある河原ができていた。

むっ。

直之進は腰を落とし、身構えた。

今、女の悲鳴がしなかったか。

またきこえた。切迫している悲鳴が、さっきより明瞭に耳に届いた。相変わらず鳥たちはかしましくさえずっているが、それよりも一際高かった。

まちがいない。

直之進は地を蹴った。悲鳴は下のほうからきこえてくる。

木々のあいだに見え隠れしている河原をのぞきこみつつ、駆けた。

やがて河原に、鮮やかな橙と赤が見えた。茂みを通していることとまだ距離があるために切り刻まれたように見えるが、紛れもなく小袖だった。

さらに三間ばかり走ると、一人の女が数名の男に絡まれているのが見えた。男たちは明らかに駕籠かきだ。悪名高い雲助《くもすけ》たちが狼藉に及んだのだ。

助けねば。

直之進は河原につながる道を探した。女や雲助たちがおりていけたのなら、必ず近くにあるはずだ。

二間ばかり離れた茂みの先に、小さく口をあけていた。土煙をあげて直之進は走りこんだ。

灌木のとげや横に突き出た枝が、太ももや腰、横腹を鋭く刺してきたが、直之進は気にしなかった。

獣道のような細い道をくだりながら、一瞬、罠ではないのか、と考えた。罠だとしても行くしかなかった。女を見捨てるわけにはいかなかった。

直之進は河原に走り出た。石や岩がごろごろしているが、砂もかなり多い。足の下でざざっと音が立った。

「やめぃ」

雲助たちに向けて強く声を発した。小袖を脱がされかけた女が期待の眼差しで、こちらを見た。少し歳はいっているようだが、白い肌をし、くっきりとした黒目の、なかなかの器量よしだ。

つられるように雲助たちも直之進に顔を向けてきた。ひげ面が五つ並んだ。そろいもそろって目つきが悪く、凶悪そうな面つきをしている。距離は五間ばかり。

「なんでぇ、お侍」

一人が眉根にくっきりとしわを寄せて、にらみつけてきた。

「邪魔する気かい。怪我をしたくなかったら、とっとと通りすぎたほうが身のためだぜ」

「ああ、本当にそうしたほうがいいぜ、お侍よ」

「そうだぜ、おいらたちは鬼っていわれてんだ。怒らせると怖いぜ。下手《へた》すると、怪我だけじゃすまねえかもしれねえ」

三人目は女の袖をつかんでいる男だった。女が身もだえして逃れようとするが、男の腕はぴくりとも動かない。

「助けてください」

身をくねらせて女が懇願する。

「承知」

直之進は刀の柄に手を置いた。

「おまえら、今すぐ立ち去るのなら、なにも見なかったことにする。もしこれ以上の狼藉をかさねるなら、叩っ斬る」

「お侍、本気かい」

一人がおどけるようにいったが、直之進は岩や石を避け、無言で雲助たちとの距離を詰めた。

「ほんとにやる気か」

一人が棒を構える。ほかの者もいつでも振れるように棒を持って身構えた。抜き放った匕首《あいくち》を手にしている者もいる。

直之進は走りつつ刀を抜き、上段に持っていった。頭《かしら》らしい者に向かってまっすぐに駆けた。

互いの距離はもう二間もない。

「野郎っ」

憤怒の声をあげて、頭とおぼしき男が棒を振りおろしてきた。

直之進はそれをかわし、刀を振りおろした。刃が男の首筋に食いこむ寸前でぴたりととめる。

手習師匠に叱られた幼子のように男が体をかたくした。

「まだやるか。その気なら、笠の台が飛ぶことになるぞ」

「いえ、もうやめます」

川の音に消されそうなか細い声でいった。体が小刻みに震えている。

「ほかの者も同じか」

「もちろんです」

「女を放して引きあげるようにいえ」

「そうするんだ」

頭が男にいった。

女の袖をつかんでいた男が、渋々と手を放す。女が河原の上をよろけて走って直之進の背中にまわりこむ。おしろいのにおいが濃く漂った。

「行け」

直之進は刀をそっとおろし、頭に向かって顎をしゃくった。頭はほっとした顔で直之進のそばを離れた。

「行くぞ」

頭がいうと、雲助たちは直之進に唾を吐きかけたいような顔つき、そして女に未練たっぷりの表情を隠すことなく、ぞろぞろと歩きはじめ、頭上の東海道のほうに消えていった。

「大丈夫か」

直之進は体をまわして女に声をかけた。相変わらずおしろいがにおっている。女が背後に走りこんできたとき、匕首などを隠し持っていないか、殺気を放っていないか、一瞬で見て取っていた。

匕首も殺気もなかった。ただ、妙なのは言葉でいうほど雲助たちを恐れていないのではないか、という気がしたことだ。

女は手甲脚絆《てっこうきゃはん》の旅姿だ。若い女の身空で一人旅など、旅慣れていて度胸が据わっているということかもしれなかったが、直之進にはなにか不思議な感じがした。

「ありがとうございました。助かりました」

女がほっとした顔を隠さずに礼をいった。ずいぶんと色っぽい目をしている。商売女というのはこんな目をしているのではないか、と直之進はなんとなく思った。

女が身なりの乱れに気づき、あわてて身繕いをする。おしろいがさらに強烈ににおう。

「あの、箱根を出るまで、一緒に行ってもらえますか」

うかがうような目できいてきた。どこか狡猾《こうかつ》さが感じられる。

「むろん。いつあの者たちが戻ってくるか、わからぬからな」

「助かります」

女が顔をあげ、じっと直之進を見る。濡れたような瞳をしている。それがふと微妙に揺れた。流れの向こう岸のほうに目を動かしかけた。おびえの色がかすかに走ったように見えた。

なんだ、これは。なにを怖がる。

直之進ははっとした。

やはり罠だっ。

直感した。強烈すぎるほどのおしろいのにおい。これがなにを意味するのか、とっさに覚った。

間に合わぬか。

女があわてて後ずさるのと同時に、直之進は海面ではねる魚のように身を躍らせた。同時に鉄砲の音がきこえた。熱いものが耳元を通りすぎていった。さらに続けざまに二発。一発は鬢《びん》をかすめた。次の瞬間、左肩に殴られたような熱さを感じた。

直之進は撃たれたのを知った。体勢を崩しつつも流れに飛びこんだ。

どぶん、と鈍い音がした。目の前が渦で真っ白になった。水のうねりにもまれて、体が翻弄される。

口をあけて呼吸をしようとするが、水を飲みそうだ。そんなにはやい流れには見えなかったが、それはうわべだけで、水のなかは強い力が働いていた。

それだけでなく、左肩が焼けるように痛くて、気が飛びそうになる。

鉄砲の音がなおもきこえてきた。すぐ近くで水柱が立っている。

次の瞬間にも玉に体を貫かれる恐怖が、背筋を走り抜ける。

直之進は左肩の痛みを忘れ、水底めがけて水をかいた。

だが、流れのせいでうまくいかない。

今は、運を天にまかせるしかなかった。当たらぬことだけをひたすら祈って、流されてゆくだけだった。

四

対岸の岩陰から、鉄砲を手にした三人の放ち手が姿をあらわした。いずれもすまなげな顔をしている。

それはそうだろう、と島丘伸之丞《しまおかしんのじょう》は胸のうちで唾を吐くように思った。岩と河原にいた湯瀬直之進との距離はたった四間。はずすはずがなかった。

しかし、当たらなかった。正しくいえば、当たったことは当たった。湯瀬の左肩に当たり、血が飛んだのが見えた。

あれで肩の骨を砕いていれば、湯瀬は二度と剣を振れないかもしれない。振れたとしても、今までの腕を保つことはまず無理だろうが、あの男のこれまでの悪運の強さからしてきっとまた腕を落とすことなくあらわれるにちがいなかった。

千載一遇の好機を逃したな。

　伸之丞はほぞを嚙む思いだった。

　砂を踏む音がゆっくりと近づいてきた。伸之丞は顔を向けた。

「悔しそうだな」

　滝上弘之助《たきがみこうのすけ》が唇をゆがめるような笑いを浮かべていった。

「当たり前だ。これ以上ない機会を失したのだからな」

　滝上が腕を組む。薄ら笑いは浮かべたままだ。

　伸之丞はにらみつけて続けた。

「やつの泊まった旅籠に付け火し、一睡もさせずに箱根に旅立たせた。眠りが足りてなかったために、やつは鉄砲の気配に最後まで気づかなかった。おしろいのおかげで火縄のにおいにも気づかなかった。そこまではいい」

　伸之丞は視線を転じ、三人の放ち手を見た。

「おぬしの家中の遣い手とのことだが、あまりたいしたことがないな」

「まあ、そんなに責めるな」

「かばうのか」

「当たり前だ。人間、誰にもしくじりはある。おぬしにも心当たりがあろう」

　直之進襲撃についてだけでなく、ほかのことでもこれまで何度も失策を犯してきた。伸之丞は黙りこむしかなかった。

「おぬしが今まで生きながらえているのは、母親のおかげだときくが、ちがうか」

母親の温子《あつこ》が堀田備中守の寵愛を受けていたのは事実だが、生かされているのはそのためではない。そのことは、堀田備中守が明言している。

「ちがうようだな」

首をひねってから、そういえば、と滝上がいった。

「こたびの策を考えだしたのは、おぬしだそうだな。そのためか」

「そういうことだ」

滝上が目の前の流れに瞳を向ける。

「しかし、はずすような距離ではなかったにしろ、やつに手傷を負わせたのは事実だ。こいつは手柄だろう。悪運の強いあやつに、これまで誰一人としてできなかったことだ」

「そうだな」

おもしろくなさそうに答えて、伸之丞も川を見つめた。

「死んだかな」

滝上がしたり顔でかぶりを振る。

「そうたやすくくたばるたまでないのは、おぬしのほうがよく知っておるだろう」

「確かに、あの程度の傷で死ぬと考えるほうがおかしいな」

滝上が、横に立っている女を見る。おしろいのにおいが濃く漂っている。大気に白い色がついているのではないか、と思えるほどのきつさだ。

「よくやった。うまい芝居だった」

滝上がほめたたえたが、瞳の色が即座に険しいものに変わった。見据えられて、女がうつむき加減になる。

「しかし、いつ鉄砲が放たれるか気にして向こう岸を見たのはいただけんな」

「申しわけなく存じます」

「まあ、いい」

滝上が顎を動かす。

「行け」

「はい」

女が去ってゆく。おしろいのにおいは残り香のようにしばらく漂っていた。

「何者だ」

女の姿が見えなくなってから、仲之丞はたずねた。

「気になるか。なかなかいい女だろう」

「ああ」

「そのうち教えよう」

「妻女ではないようだな。妹か」

「ちがう。機会があれば、そのうち教える」

滝上が仲之丞に目を据える。

「やつを探しだせ」

意外な言葉をきいた。

「俺が」

「ほかに誰がいるという」

「どうして俺だ」

「ほかに人はおるまい」

滝上が自らを指さす。

「俺は駄目だ。これから沼里に行かねばならぬゆえ」

なにをしに、と仲之丞はきかない。別のことをたずねた。

「本当に一人でやれるのか」

滝上が冷ややかな目を向けてきた。

「俺には無理だと」

背筋が寒くなる。自分も同じような眼差しをつくっては配下たちを恐れさせてきたが、迫力がちがう。震えが出そうになったが、仲之丞はかろうじてこらえた。

「いや、そんなことはあるまい。おぬしならきっとしてのけよう」

追従をいうのも同然で、自分がいやになったが、ここで滝上の機嫌を損ねるのは得策ではない。なにしろ腕がちがいすぎる。逆らっても勝ち目はない。この男には、母親が誰だろうと関係ない。

俺を殺すのに、理由などいらないだろう。飛んでいるというだけで蚊が殺されるようなものだ。

「ちょろいものさ。まかせておけ」

胸を叩くような勢いで滝上がいった。

「沼里はまかせるぞ。湯瀬を見つけだしたら、すぐに駆けつける」

「わかった。しかし箱根は広い。見つからずともよい。やつは必ず沼里に姿をあらわすゆえな。では、まいる」

滝上がくるりときびすを返し、河原を歩きだした。すぐに振り向いて、仲之丞を凝視する。

「いいか、湯瀬直之進を探しだすだけではならぬぞ。見つけたら、必ず殺せ」

「俺がやつを」

「左肩に傷を負っている。刀をろくに振ることはできぬ。今のやつならおぬしでも殺《や》れる」

再び足を動かしだした。悠然とした動きだが、東海道につながる獣道をあっという間に登りきり、樹間に姿を消した。

見送った仲之丞は背後に視線を向けた。岩伝いに川を渡ってきた三人の鉄砲の放ち手と五人の侍がいる。

滝上がいったように、箱根は広い。この人数で探しだすのは無理かもしれないが、今は最善を尽くすしか道はない。

仲之丞は八人の男に目をやった。

「まいるぞ」

五

「直之進は今頃どこにいるのかなあ」

平川琢ノ介は仕出し屋の弁当を箸でつつきながら、慨嘆するようにいった。

この六畳の部屋には子供を含め、十一人いる。みんなで膝をつき合わせて、にぎやかに昼餉の最中だ。新しい家ではないが、畳だけは新品で、いい香りを放っている。奥の部屋には、家財道具などの荷物がところせましと置かれている。

「ご心配ですか」

おきくが箸をとめてきく。琢ノ介が懇意にしている口入屋の米田屋には、三人の娘がいる。下の二人は双子で、おきくはその妹のほうである。

「むろんよ。やつはわしの最も大事な友垣《ともがき》だから」

「そうですね」

「それよりもおきく。おぬしのほうが、案じられてならぬのではないか。顔がちと青いようだぞ」

「さようですか」

おきくが深くうなずき、顔を西のほうへと向ける。

「ええ、なにか胸騒ぎがしてならないのです。直之進さまの身になにかあったのではないか、と心配で心配で」

すぐにおきくが首を振った。

「馬鹿なことを申しました。口にだしたら、うつつのことになってしまうかもしれないのに」

背筋を伸ばし、しゃんとする。

「昨日の夜、直之進さまは小田原にお泊まりになったはずですから、きっと今頃は箱根でございましょう」

「もう関所は越えたかな」

「無事に越えているといいんですけど」

「大丈夫だろう。あいつはちゃんと手形を持っているし、別段、悪さをしているわけでもない」

「さようにございますね。平川さまですと、越えるのは無理でしょうけど」

琢ノ介は、声の主に目をやった。軽くにらむ。

「米田屋、わしが悪さをしているとでもいうのか」

「いえいえ、そのようなことは申しておりませんよ」

「しかし、関所を越えるのは無理といったではないか」

「それは風貌にございますよ。平川さまは、いかにも悪人というお顔をされているではありませんか」

琢ノ介は刀を引き寄せた。波瑠ノ介《はるのすけ》、奈都ノ介《なつのすけ》、安紀ノ介《あきのすけ》の三人がびっくりして噛むのをやめた。この三人は琢ノ介の弟の弘ノ介《ひろのすけ》のせがれだ。

「米田屋、おぬし、命が惜しくないようだな」

息を殺した三人の子供が、琢ノ介の様子をじっと見た。

「大丈夫ですよ。伯父上は本気ではありませんから」

笑って三人にささやきかけたのは、弘ノ介の妻の田江《たえ》である。丸顔に団子鼻という愛嬌のある顔をしており、笑うと目がなくなってしまう。

田江たちのほうにちらりと目を向けてから、光右衛門《みつえもん》が穏やかに首を振る。

「そのようなことはございません。まだまだ生きていたいと思っていますよ」

「大丈夫だ。心配いらぬ」

琢ノ介は断言した。

「おぬしのような口の減らぬ男は、だいたい長生きするものだ。斬ったところで、死にはせんだろう」

静かに刀を置いた。

「もし手形がなかったら、関所は越えられないんですか」

きいてきたのは、おきくの双子の姉のおれんだ。

「そいつは大丈夫でござる」

答えたのは、琢ノ介の弟の弘ノ介だった。弘ノ介の主家は取り潰しに遭ったばかりだ。あるじが国元で急死し、嗣子がないということで、公儀によって断絶させられたのである。それで家族そろって琢ノ介を頼り、江戸に出てきたのだ。

弘ノ介が続ける。

「たいていの関所は、男は手形なしでも通行できるものにござる。厳しいのは出《で》女《おんな》にござる。女の人は手形がないと、まず関所を抜けることはできぬ。もっとも箱根や新居、中山道の木曾福島、碓氷《うすい》といった重要な関所は男でも手形なしで抜けるのは、むずかしくござろう」

「では、箱根は手形なしではなんびとたりとも通行できないのですか」

たずねたのは、光右衛門の一番上の娘のおあきだった。そばにせがれの祥吉《しょうきち》がちょこんと座っている。

　おきくが一際真剣な表情で弘ノ介の話をきいているのが、琢ノ介の目にとまった。

「その場合でも手立てはござる。関所の一つ前の宿場で手形を発行してもらうことにござる」

「そのような手立てが、あるのでございますか」

　おあきが問いを重ねる。

「むろん口銭《こうせん》が必要にござるが、旅籠の主人が請人《うけにん》となり、手形を書いてくれるのでござるよ。箱根なら、箱根宿、三島宿、小田原宿で手形を得ることができ申そう」

「口銭というのはどのくらいかかるものにございますか」

　おきくに問われて、弘ノ介が首を振る。

「それがしはつかったことがないのでなんともいえぬが、多くの人が利用しているときいており申す。そんな法外な値を取るようなことはないと存ずる。せいぜい百文や二百文程度ではなかろうか」

　それをきいて、おきくが胸をなでおろしたように琢ノ介には見えた。

　まさかこの娘は、直之進のことが心配で、沼里に行くつもりになっているのではあるまいな。

「もしそれだけの金が用意できなかった場合、残る手立ては関所破りでしょうか」

光右衛門が弘ノ介にきく。

「しかし、箱根に関所は一つだけではござらぬ」

「一つではないというのは」

「最も重要な関所は一つでござるが、間道という間道にいくつもの関所をめぐらすように置いてある、と以前、耳にしたことがあり申す」

「ほう」

「鳴子《なるこ》などもあって、箱根を知らぬ者には決して抜けることなどできないそうにござる」

では、と琢ノ介はおきくから視線をそらしていった。

「関所破りを生業《なりわい》にしている者に頼むしかないか」

「しかし、そういう者は高うござるぞ。関所破りは天下の重罪。最低でも十両を積まぬと案内してくれぬのではござらぬか」

「十両もの金があれば、旅籠のあるじに手形の発行を頼んだほうがずっと安上がりだな」

「そういうことにござる」

弘ノ介が深々と顎を引く。

「関所破りをするような輩は、重大な罪を犯して逃げまわっている者くらいではなかろうか」

こんな話をしているあいだに全員が弁当を食べ終え、茶を喫しはじめている。

「あともう少しで終わるな」

琢ノ介は肩をとんとんと叩いて、隣の間を眺めた。こちらにもいくつかの荷物が運びこまれている。

今日は、弘ノ介一家の引っ越しだった。昨日まで米田屋に居候という形で一家はすごしていたが、光右衛門の周旋で琢ノ介の長屋の近所に一軒家が見つかり、さっそく越すことにしたのだ。

天気がよく暑すぎるくらいで、できたら曇り空のほうがありがたかったが、雨に降られるよりはよほどいい。

家はなかなか広く、三部屋もある。あとは台所と厠《かわや》。

日当たりも悪くない。この時季、家中に明るさが充ち満ちている感じだ。冬になったら、好天の日はきっとぬくぬくできるのではないか。

江戸の町屋では極上の部類に入るだろう。さすがに米田屋光右衛門が周旋に手を尽くしただけのことはある。琢ノ介は感嘆するしかなかった。

それだけではなかった。江戸にやってくるにあたり、弘ノ介たちは故郷で家財を売りにだし、路銀に替えていた。ここに置いてある家財は、弘ノ介の依頼で光右衛門が買い求めたものだ。

それらも、ふつうなら弘ノ介たちが持っていた金では、とてもあがなえるものではなかった。そのあたり、どういう手蔓《てづる》があるのか、やや古いとはいえ、確かなものばかりを選んで光右衛門は手に入れてくる。

見た目は狸《たぬき》親父としか思えんが、やはりたいしたものだな。

琢ノ介は心中ひそかに舌を巻いている。

しかも今日、この引っ越しのためにわざわざ店を休みにしてくれた。

感謝以外の言葉は見つからない。

大勢でやった結果、予定通りの八つ半頃に引っ越しは終わった。四人の子供も、一所懸命がんばった。

引っ越しが終わると、さっそく酒になった。十一人が、六畳間に車座になる。

引越祝いの膳は、光右衛門がひいきにしている魚屋に刺身を注文してあった。それが頼んだ通りの刻限に配達され、刺身がどっさりとのった三つの大皿が琢ノ介たちの前に並んだ。

「すごい」

弘ノ介と田江が、夫婦らしく同時に声をあげる。

四人の子供の前には、大盛りの団子と饅頭の皿が置かれた。四人とも目を輝かせている。

「お疲れさまでした」

正座したおきくが徳利を傾ける。

「ありがとう」

琢ノ介はありがたく受けた。おれんが光右衛門に、田江が弘ノ介に酒を注いでいる。男たちが酒を注ぎ返した。

乾杯になった。杯を一息に干す。四人の子がそれを見て、饅頭と団子にかぶりつく。

「うまい。この酒は例のあれだな」

琢ノ介はおきくにいった。

「ええ、駿河の杉泉です」

「やはりそうか。こいつは、とてもいい酒だな」

琢ノ介はもう一杯、飲んだ。膳の上に杯を置く。

「確か、直之進をもてなすために探しだしたと米田屋がいっていたが」

「はい、その通りです」

おきくがうなずく。直之進のことをいうと、この娘の瞳はきらりと光る。

よほど惚れているんだな、と琢ノ介は思った。だが、おれんもおきくと同じ気持ちのはずだ。直之進はいったいどちらを選ぶつもりなのだろうか。それとも、別の女にする気なのか。まさか、千勢どのということはないのか。

「直之進さまも平川さまとご同様、とても気に入ってくださいました」

俺の呼び方は平川か。

琢ノ介は心中、苦笑した。直之進とはずいぶんちがう。

あれ、この娘は確か、と琢ノ介は今さらながら気づいた。以前、直之進のことを湯瀬さまと呼んでいなかったか。それがいつからか、呼び方が変わっている。

どういう心境の変化なのだろう。二人の距離が詰まったのか。あるいは、おきくがそう呼びたいと願ったのか。

一刻ほど引っ越しの祝いは続いた。

刺身もあらかた食べ尽くされ、あと少しでお開きと思える頃、しばらくそばを離れていたおきくが再び琢ノ介に寄ってきた。

「相談があるのですが、きいていただけますか」

まわりをはばかるような小さな声でいった。父親だけでなく姉たちにもきかせたくないことなのか。

「うむ、きこう」

おきくが胸を押さえた。燃えるような目をし、思い詰めた表情をしていた。それがどこか妖艶な感じを醸しだしている。

どんな相談なのか、すでに見当はついていたが、まるで今にも好きな男に告白するような様子に見え、琢ノ介はどきりとした。こちらが胸を押さえたくなった。

六

二人して湯屋を出た。

お咲希《さき》が手を伸ばしてきた。

千勢は握り返した。

きゅっと握って、お咲希が見あげる。はかなさを感じさせる指先に、千勢は胸を衝かれた。

この子はどんなことがあっても、私が守り抜かねば。

そばに佐之助はいない。今、どのあたりにいるのだろうか。

会いたい。あの照れたような笑みをまた目《ま》の当たりにしたい。

「おっかさん」

お咲希が呼んできた。

「なあに」

おっかさんと呼ばれるのにも、慣れてきた。血のつながりなどまったくないが、今ではお咲希が実の子のようにかわいくてならない。

「なにを考えていたの」

「佐之助さんのこと」

千勢は隠すことなくいった。お咲希にいいにくいことなど、一つもない。

「やっぱり」

お咲希がうれしそうに笑った。白い歯がこぼれる。

「私もそうだったから。今、どの辺にいるのかしら」

「そうねえ、足がはやい人だから、もう小田原あたりじゃないかしら」

「今日は小田原泊まりなの」

「多分ね」

「小田原ってどんなところなんだろう。おっかさん、行ったことある」

「一度ね。通りすぎただけだけど。海べりのにぎやかな町だったのは、覚えているわ」

「大久保さまの城下ね」

千勢は目を丸くした。

「よく知っているわね」

「だって、手習所で習ったもの」

「そう、よく覚えたわね」

へへ、とお咲希が笑う。

「おじさん、昨日はどこに泊まったの」

「藤沢じゃないかしら」

「藤沢か。江ノ島の近くだったわね」

「ええ、そうよ。これも手習所で教わったのね」

「うん」

もっと大好きな佐之助のことを話し続けるのかと思ったが、お咲希はあっさりと別のことを口にした。

「いい湯だったね」

「ええ、そうね」

千勢は笑みを浮かべて答え、続けた。

「珍しく新しい湯だったわね」

「うん、とても気持ちよかった。さっぱりしたあ」

「本当ね。汗を流すのは、いいことだわ。一日の疲れが飛んでゆくもの」

「本当ね」

　千勢はお咲希に真剣な目を向けた。

「疲れているの」

「子供といっても、いろいろあるのよ」

「たとえば」

　お咲希がにっと笑う。

「女の子同士の意地の張り合いとか」

「えっ、お咲希ちゃん、意地の張り合いなんてしているの」

　お咲希がかぶりを振る。夕方になって陽射しがやわらぎ、涼しさを帯びた風が吹き渡ってゆく。お咲希の少し濡れた髪がさらさらと揺れ、橙色の光の筋に透けて見えた。

　千勢は見とれた。

「私じゃないの」

「えっ」

「手習所で、学問が特にできる子が二人いるんだけど、その二人の意地の張り合いがすごいの。話すどころか、お互いの目を見ようともしないんだから」

「お咲希ちゃんはどうしているの」

「私は二人とも仲がいいから、二人が仲よくできたらいいなあ、と日頃から思って橋渡しをしようとしているの。手習所の雰囲気もなんとなくぎすぎすしちゃうから、学問のできる二人が仲よくしたら、すごくいい雰囲気になると思うんだけどなあ」

「その二人は、どうしてそんなに張り合っているの」

「前は仲がよかったらしいんだけど、お互い学問ができるってことで、いつからか張り合うようになったらしいわ」

またお咲希が見あげてきた。

「おっかさん、どうしたら二人が仲よくできると思う」

「そうね。今は女でも学問ができて損のない時代になりつつあるみたいだから、二人が競い合って上を目指すのはとてもいいことだと思うの。お咲希ちゃんには申しわけないいい方になるけれど、今は放っておいたほうがいい気がするわ」

「どうして」

「二人が話もしない、目も合わせないというのは、二人とも互いをすごく意識しているのよ。そういうのは、まわりがなにをしてもなかなかむずかしいものなの。学問をすべて学んで手習所を終えたそのあと、二人がどうするかわからないけど、町でばったり会ったときなど、なんのわだかまりもなく笑顔で話せるような気がするわ」

「あの二人が笑顔で」

「そうよ」

「じゃあ、もう私はなにもする必要がないの」

「そんなことはないわ。お咲希ちゃんは今まで通り、みんなを仲よくさせることをしてゆくべきだわ。なにか辻褄の合わないいい方になってしまうけど」

「わかったわ」

お咲希がきっぱりといった。

「私、がんばる」

「その意気よ」

長屋の木戸がぼんやりと見えてきた。日の長い時季といっても、あたりはだいぶ薄暗くなってきている。子を呼ぶ母親の声がどこからかきこえてきた。子供たちは、暮れゆく夏の日を惜しむようにまだ遊びに精だしているのだ。

「ねえ、おっかさん」

木戸をくぐり終えたとき、不意にお咲希がいった。

「私、行きたいところがあるの」

「どこ」

千勢はなにも考えることなく問うた。

「沼里よ」

「えっ」

「おじさんが心配なの。それに、おっかさんの故郷を一度、見てみたい」

佐之助のあとを追いたいのは山々だが、今は無理だ。千勢には仕事がある。典《てん》楽寺《がくじ》という寺で、家事などをしているのだ。

「駄目なの」

お咲希が寂しそうな目をする。

「今はね」

口にしながら、千勢も寂しい思いで一杯だった。

母に会いたくてならない。家は上の兄が継ぎ、とうに嫁取りをして子ももうけているからなんの心配もない。兄と兄嫁の存在で敷居が高いくらいだが、母の顔は見たい。佐之助と同じくらい見たい。

佐之助は昨日、この長屋にやってきた。千勢は、母親宛の文を託した。

人けが絶え、暗さがたむろしはじめた路地を通って、千勢とお咲希は店《たな》の前に着いた。二人はなかに入った。

昼間の暑さがまだこもり、むっとするものがあった。風を入れなければならない。

会いたいなあ。

障子戸に手をかけ、かすむような暗さに包まれた路地を見つめて千勢は母親の顔を思い浮かべた。はっきりと思いだせたことに、ほっとする。

行きたい。

合わせる顔はないが、母に会いたい。

その思いをこらえるのに苦労した。母の面影を打ち消すように、千勢は静かに障子戸を閉めた。

七

半殺しにされ、医者の実源のもとに担ぎこまれた男はまだ眠ったままだ。

いったい何者なんだろうねえ。

樺山富士太郎は枕元に正座し、新しい晒しで顔をぐるぐる巻きにされた男を見つめた。昨日より寝息は規則正しいものになっている。これなら、実源のいうように、本当に命の心配はいらないのだろう。

今朝、顔の晒しを巻き直すということで、実源の診療所に富士太郎は中間の珠吉と一緒に訪れたのだ。

男の顔を見たが、実源の言葉通りで、めちゃめちゃにされていた。なにをすれば、これだけの傷を与えられるのだろう、と富士太郎はあらためて思ったものだ。あまり期待していなかったとはいえ、もとの顔形がどんなものか、さっぱりわからなかった。

それでも富士太郎は、矢立《やたて》をつかって人相書を書いてみた。絵はさほど得意とはいえないが、奉行所から人相書の達者を連れてくるわけにはいかなかった。男の顔つきで変わっていないのはおそらく輪郭だけで、目鼻などの造作は想像で描くしかなかった。

紙を何枚か反故《ほご》にしたのち、半刻ばかりかけて書きあげた一枚は、自分でも納得できる出来だった。珠吉も、こんな顔をしているのかもしれないですねえ、と深くうなずいてくれた。

目には涼やかさが感じられ、鼻が高く、口元は引き締まっている。湯瀬さまにどこか似ていますねえ、と珠吉がいったが、富士太郎としては決して直之進を念頭に描いたわけではなかった。そのことは、眠っている男と向き合う態度の真摯さ、真剣さから珠吉もわかってくれていた。

しかし直之進ほどの品性は感じられず、やはり堅気なのかそうでないのか、はっきりしない男というのがぴったりだった。

今、その人相書は富士太郎の懐にしまわれている。きっとこれからの探索の役に立つにちがいない、という確信を富士太郎は持っている。

身を乗りだし、また男の顔を見つめた。

おまえさん、いったいなんて名なんだい。

男の心に響くように願って語りかけたが、男はぴくりとも動かない。ときおり苦しそうに顔をしかめはするものの、寝息を立て続けている。

「旦那、そろそろ行きますかい」

珠吉が声をかけてきた。

「うん、そうしようかね。一刻もはやく、この人をこんな目に遭わせた者を引っとらえなきゃいけないものねえ」

富士太郎は、もう一度男の顔をじっくりと見てから立ちあがった。珠吉が続く。

「先生、お邪魔しました」

土間のそばまで見送りに来てくれた実源に礼をいう。

「目を覚ましたりしたときは、すぐさまつなぎを入れるので、よろしく頼みますぞ」

「はい、こちらこそ心待ちにしております。よろしくお願いします」

富士太郎は深々と辞儀をしてから、外に出た。珠吉が戸を閉める。

富士太郎は空を見あげた。今日も暑いが、どこか秋のように空が高くなりつつあるような気がする。太陽からも勢いが段々と取れていっているようだ。

富士太郎は両腕を広げ、胸をぐっと張った。

「さて、珠吉、気張ろうかね」

「合点です」

珠吉が見あげてくる。

「それで、どこに行きますかい」

「やはり小日向水道町だろうね」

珠吉がぴんときた顔になる。

「目撃者探しですね」

「よくわかるね。やっぱりつき合いが長いといいねえ」

「虱潰《しらみつぶ》しにすれば、きっと見つかると踏んでいるんですね」

「そうだよ。自身番の者の、目撃した者が名乗り出ないとの言葉を鵜呑みにしちまったのがいけないねえ。実際に足を棒にして探しださないと。おいらは、またしくじっちまったよ」

「しくじりなんてことはありゃしませんよ。昨日の今日ですからね。今日がんばれば、すぐ取り返せますって。しくじりってのは、今日もなにもしないことをいうんだとあっしは思いやすよ。旦那、では行きましょう」

年の功かね。珠吉らしい言葉だね。

とても元気づけられる。ありがたいことだ。

富士太郎は珠吉を敬意の眼差しで見つめてから、早足で歩きはじめた。

目撃者は、拍子抜けするほどあっけなく見つかった。

実源のもとで今寝ている男は、どうやら三人の男にやられたらしいのが、この目撃者の言からわかった。

もっとも、目撃者といっても、男がやられたところをじかに目にしたわけではない。若い男が三人の男に囲まれて歩いてゆくのを見ただけだ。三人がすごみ、男を脅すような言葉もきいている。

目撃者は六十近い畳職人で、順造《じゅんぞう》といった。

暗かったから、ということで囲まれていた男の顔つきまではっきりとは見ていなかったが、人相書を見せると、順造は、似ているような気がします、といった。

順造が男たちとすれちがったのは、そのまま西に進めば料亭の花須味につながる路上だった。

こいつはまちがいないね、という感触を富士太郎は持った。順造はおととい の夜、古い友垣と久しぶりに飲むことになっており、急ぎ足だった。そのために三人の男の一人にぶつかりそうになり、すごい目でにらまれたということだ。

それでよく覚えているんです、と順造はいった。暑さのせいばかりでなく、定廻り同心に相対して緊張していることもあるのか、しわ深い顔には汗が一杯だ。

富士太郎たちは畳屋の店先にいるが、くっきりと濃い影をつくっている軒下に、ぽたりぽたりと雨だれのように汗が落ちてゆく。

「こいつをつかいなよ」

気の毒になった富士太郎は懐から手ぬぐいを取りだし、汗をふく仕草をした。

「えっ、とんでもない」

恐縮して順造があわててかぶりを振る。汗が飛び散る。

「こいつはまだおいらもつかっていないから、汗臭くないよ」

富士太郎は手渡そうとした。

「いえ、駄目です」

「いいから」

富士太郎は押しつけるようにした。順造は感謝の顔になり、頭を下げた。

「そこまでおっしゃるのなら、つかわせていただきます」

額や頬を、おしろいをはたくように手ぬぐいでぽんぽんと軽く押してゆく。みるみるうちに汗は取れた。

「これは洗濯して、お返しします」

「いいよ、そんなことしなくて」

富士太郎は笑って順造から手ぬぐいを取りあげた。折りたたんで、懐にしまう。

「にらみつけてきた男は、どんな顔だった」

富士太郎はあらためてたずねた。

「あっ、はい。えーと、堅気に見えませんでした。やくざ者のようにあっしには思えました」

「顔形は」

「目が、油の膜が張ったみたいにぎらついていたのは覚えています。あとは、やけに口が大きかったような気がします。ああ、そうだ。下の歯が一本、牙のように長くとんがっていましたね」

これは手がかりだ。

「どの歯だい」

「こいつです」

右の前歯の端っこだ。

「ほかの二人についてはどうだい」

順造は申しわけなげに首を振った。

「覚えていません」

富士太郎は筋骨のがっちりとした肩を叩き、なおもきいた。

「そんなにしおれなくてもいいよ。――三人が男を脅していたといったけど、どんな言葉を吐いていた」

順造が考えこむ。

「あっしをにらみつけたあと、やつらは歩きだしました。そしたら、こんな言葉がきこえてきました。『てめえがいくらいったところで、俺たちはやめやしねえよ。それよりも、たれこまねえようにその偉い口をきけなくしてやる』」

その三人は悪事をはたらこうとしているのだろう。それを男はとめようとして、半殺しの目に遭わされた。

これ以上、きくべきことはなかった。

「ありがとね」

富士太郎は礼をいった。

「いえ、もったいないことで」

「手間を取らせたね。さあ、仕事に戻っておくれ」

「へい、ではこれで失礼します」

順造はぺこぺこと何度も頭を下げて、富士太郎のそばを離れていった。あけ放たれた戸口を入り、畳針を持つ。

すぐさま仕事をはじめた。針をつかうたびに、まくりあげた袖からのぞいている腕の筋がいくつも浮きあがる。手際のよさに見とれ、ずっと見ていたい気持にさせられる。順造は練達の職人のようだ。

こういう男のつくった畳を、是非ともつかってみたいものだね。

富士太郎は強く思った。同じことを背後の珠吉も感じているようだ。

富士太郎は笑みに満ちた顔を振り向かせ、年老いた中間を見た。

「よし、珠吉、行こうかね」

「へい」

笑い返した珠吉が元気よく答えてうしろにつく。

「どこに行きますかい」

「それなんだけどね」

富士太郎は腕を組み、首をかしげた。

「三人の男が、どうして花須味の裏路地にあの男を連れてきたのか、というのが気になるんだよ。あそこが人けのない場所と知っていたのかもしれないけれど、夜になれば人影の絶える場所なんて、江戸にはいくらでもあるからねえ」

「さいですね」

珠吉が相づちを打つ。

「花須味のあたりに、三人の男に関係するなにかがあるかもしれませんねえ」

「それに、花須味の裏路地に人けがないのを知っていたとしたら、このあたりに土地鑑があるってことだろう」

「となると、三人組はこの町からそんなに遠くないところで暮らしていると考えても、おかしくはありませんね」

「そういうことだよ。珠吉、さっそく花須味のほうへと行ってみようじゃないか」

二人は歩きだした。

不意に黄色い蝶々があらわれ、ひらひらと先導するように前を飛んでゆく。花須味の近くまで来たとき、花の香りでも嗅いだのか、商家の木塀を越えて庭のほうへと消えていった。

「ありがとね」

富士太郎は感謝の意をこめて、見えなくなった蝶々にいった。

「旦那はなんにでも、ありがとうですねえ」

「いい言葉だからね。いっていて、こちらが気持ちよくなるよ。誰もがこの言葉をつかって、町中のどこからでもきこえてくるようになれば、江戸から犯罪はなくなるような気がするんだけどね」

「そうかもしれませんねえ」

「きっとそうだよ。今、犯罪が多くなっているのはみんな、人や生き物、物への感謝の気持ちを忘れているからさ」

花須味の奉公人や前を通りかかった者に話をきいたが、手がかりにつながりそうなことは得られなかった。

「どうして三人組の男は、ここを選んだんだろうねえ」

路地の入口に立ち、富士太郎はつぶやいた。

「粘りが大事なんだろうけど、今日のところはちょっと無理のような気がするね。どうしてこの路地が選ばれたのか、そいつを調べるのは、また日をあらためることにしようかね」

「あっしもそのほうがいいと思いやすよ」

「珠吉がそういうんなら、話がはやいね」

富士太郎はさっさと歩きだし、大きな道に出た。

「旦那、どこに行くんですかい」

「大本に返るってことだね。自身番をめぐってみるんだよ」

　少し考えたようだが、珠吉も富士太郎がなにをしたいか、わかったようだ。

「届けが出ていないか、きいてまわるんですね」

「そういうことだよ。あの男が半殺しにされたのがおとといの晩なら、もう丸一日半たっているね。男に家族がいるとして、失踪の届けを自身番にだすとするなら、今日あたりじゃないかなあっておいらは思ったわけだよ」

「いいところを突いている気がしますよ」

　富士太郎は、厳しい暑さのなか、町々の自身番をまわった。珠吉のことが気にかかる。自分はまだ若いからこの暑さのなか動きまわってもへっちゃらだが、珠吉はちがう。相当こたえるにちがいない。

「珠吉、あそこに水売りがいるよ。喉が渇いたから、ちょっともらおうかね」

　木陰にたたずみ、ひゃっこい、ひゃっこいと声をあげている男がいる。そばに木桶が置いてある。砂糖と白玉が入っていると謳《うた》っているが、実際には甘くもなんともない。

「でも旦那、一杯四文もしますよ」

「いいよ、四文くらい。珠吉も喉がからからだろ」

富士太郎は水売りに歩み寄り、二杯くれるようにいった。代の八文を払う。渡された椀を傾ける。まったく冷たくなく、むしろ生あたたかだったが、喉をくぐるときには爽快さがあった。

「生き返るよ」

一気に干した富士太郎は、椀を水売りに返した。珠吉も満足そうな顔をしている。

「ふう、うまかった」

「ありがとね」

富士太郎は水売りに礼をいった。水売りがうれしそうにする。

「暑くてたいへんでしょうけど、お役目、がんばっておくんなさい」

「ありがとう」

富士太郎は笑みを見せて、歩きだした。珠吉が足取り軽くついてくる。

さらにいくつかの自身番をめぐった。

すると、失踪の届けが出ていた自身番にぶつかった。今朝、だされたばかりだった。

富士太郎と珠吉は、届けをだした者にさっそく会った。

裏通りだが、一軒家だった。庭側の部屋の濡縁に通された。
庭はかなり広く、手入れされた木々や石が配されて、いい風が吹き渡ってい
た。ぬるくいれられた茶はほどよい甘みと苦みがあり、口のなかのねばねばがあ
っという間に洗い流された。
届けをだしたのは、市之助《いちのすけ》という飾り職人の親方だった。細い目が柔和で、実
直でやさしい人柄であるのが、話をする前からうかがい知れた。
まず富士太郎は、自ら描いた人相書を見せた。
「ああ、これは豊吉《とよきち》です。若干、雰囲気はちがいますが。今、やつはどこにいる
んですかい」
「じゃあ、いなくなったのはこちらの職人でまちがいないんだね」
答える前に、富士太郎は確かめた。
「ええ、まちがいありません。といっても、職人というほどのものじゃ、まだあ
りませんや。見習に毛が生えたようなものですから」
富士太郎は、いま豊吉がどういう状況なのか、真摯に語った。
市之助がさすがに驚く。
「命に別状はないんですかい」

「お医者は大丈夫だろうといっているよ。おいらから見ても、死ぬようなことはないと思うね」

「さようですか」

市之助は実源のもとに駆けつけたいという表情をしている。

その前に富士太郎は豊吉のことについてたずねた。

豊吉はつい最近、市之助のもとで働きはじめていたそうだ。この家に住みこみ、市之助の家族とともに暮らしていた。歳は二十九だといっていた。

「修業をはじめるのにはちと歳がいきすぎていましたけど、まっすぐないい目をしていましたから、こいつはつかえるなと雇い入れました」

部屋を見せてもらった。日当たりはさほどよくないが、畳の香りがするきれいな四畳半だった。

「豊吉はここに一人かい」

「ええ、この前、ここに住んでいた男が独り立ちしてあいていたものですから」

「ふーん、実にいい待遇だね。たいてい何人かが一緒というのが当たり前だろうに。——荷物はないね」

部屋はがらんとしていた。

「ええ、ここに来たときなにも持っていなかったもんですから」

「前はなにをしていたと」

「十二の頃、一度、故郷の飾り職人のもとで修業をしたそうですけど、長続きせず、よくない仲間と遊びまわっていたそうです。でも、これじゃあいけないって一念発起してうちに来たそうですよ」

「じゃあ、根はまじめなんだね」

「ええ、その通りです。まだたいした仕事をやらせているわけじゃありませんけど、筋も悪くありません。熱心にやれば、相当稼げる職人になれるはずです」

「素質はあるんだね。豊吉は、ここへは誰かの紹介で来たのかい」

市之助は目を細めて、やわらかく首を振った。

「紹介といえば紹介でしょうけど、ちとちがいますね。小日向東古川町の米田屋さんという、口入屋の紹介ですよ」

第二章

一

よもや江戸を出たというようなことはあるまいな。

倉田佐之助は土を踏み締めつつ、そんなことを思った。

千勢とお咲希の二人のことだ。あの二人が沼里に行きたがっているのは知っている。特に千勢にその気持ちが強い。

お咲希はやさしい子だから、千勢の思いをうつつのものにしてあげようと考え、千勢に沼里行きを勧めるかもしれない。

だが、お咲希がいえばいうほど、千勢は思いとどまるだろう。

まさかお咲希を江戸に一人残して沼里に行くわけにはいかないだろうし、お咲希に自分の故郷を見せてあげたいという気持ちや、千勢自身の家族に会いたいという強い思いはあるにしても、今、お咲希と一緒に江戸を離れようとは思わないにちがいない。

想い人を殺されたという理由で、夫がいる武家の妻にもかかわらず、湯瀬家を出奔したということで、まず実家の家族に合わせる顔がないというのが一番の理由なのだろうが、お咲希を連れて沼里に来るような真似をすれば、この俺の足枷《あしかせ》になることも覚っているはずだ。

佐之助自身、どうしてわざわざ沼里を目指しているのか、今一つわかっていない。あの顔ががらりと変わる男と、戦うことを望んでいるのか。それとも、先に沼里に向かった湯瀬の助太刀をしようとしているのか。

今、沼里では確実になにかが起きている。それはまちがいない。そのことを解き明かしたいという、練達の岡っ引のような思いが足を突き動かしているのか。

実際のところ、岡っ引の真似は性に合っている。探索をもし仕事とするのなら、殺し屋とはくらべものにならないほど、楽しいだろう。報酬も、それなりのものが得られるかもしれない。

だが、自分が探索を仕事とすることはあり得ない。仕事としてしまうと、好きな事件を選んで首を突っこむことが許されない。今は誰からも金をもらっていないから、こうして沼里に足を運ぶことができる。この自由さを失いたくはない。

殺し屋をしているとき、仕事は数え切れないほどあった。貧乏御家人の三男でもあって、あの頃は金を稼ぐのが愉快この上なかった。金はいくらでも入ってきた。そのために、これから先、食べることだけは心配ないくらいの蓄えができた。

約一年半前、沼里でも仕事をし、三人の男を殺した。

だが、そのことが佐之助の運命を一気に変転させるきっかけとなった。

殺した三人のうちの一人が千勢の想い人で、千勢を沼里から出奔させ、江戸に来させることになったからだ。

殺し屋の佐之助を探しまわる千勢をうるさく感じ、殺そうとしたこともあったが、そうこうしているうちに千勢に惹かれるようになった。

そのおかげで、今は殺し屋から足を洗ったも同然の状態になった。もともと殺しを楽しんだことなどこれっぽっちもなかった。やはり性に合っていなかった。

千勢には感謝している。殺し屋のときになくした人としての気持ちを、再び取り戻すことができたような気がしているからだ。やはりあの頃は、気持ちがすさんでいた。

足を動かしつつ、佐之助は懐に手を入れた。封書に指が触れる。おとといの晩、千勢から預かった母親宛の文だ。

なんと書いてあるのか、知らない。不義理をしてしまった母親に対し、千勢はどんな文言を綴っているのだろう。知りたい気持ちがないわけではないが、人の文を盗み読みするような恥ずべき真似は決してしない。

文からはいいにおいがしてくる。千勢が常に身につけている匂い袋の香りだ。このにおいが鼻に触れると、心が落ち着く。まるで母親に抱かれ、ぐっすりと眠る赤子のような心地といっていい。

俺は、千勢と一緒に沼里に行きたかったのではないか。

二人は今、なにをしているのか。お咲希は手習所から帰ってきたはずだ。千勢は勤め先の典楽寺から戻ってきただろうか。

今日も暑い。佐之助が歩いてきた相州路は、雲一つない晴天で、地面は強烈な陽射しにあぶられ続けた。道の先には陽炎《かげろう》が立ちのぼり、逃げ水が踊っていた。視野に入るすべての家屋の屋根では、容赦なく熱せられた大気がゆらゆらと揺れていた。

まぶしすぎるほどの白い光が降り注ぐなか、田畑では百姓衆が精だして働いていた。生長のはやい草取りなどは、きつい仕事のはずなのに、近所の者同士らしい男たちが笑いながら会話をかわしていた。そのたくましさには驚かされる。百姓衆の笑顔のほうが太陽よりはるかにまぶしかった。誰もが真っ黒だった。

佐之助自身もともと浅黒い顔をしているが、百姓衆ほどでないにしろ、今日一日歩き続けたことできっと真っ黒になったのではなかろうか。そのことがなんとなく誇らしげに思えた。

　体が干からびてしまうのではないか、と思えるほど汗も出た。はやく宿に着き、風呂に浸《つ》かりたい。

　千勢とお咲希の二人が長屋に帰ってきたのなら、今頃は湯屋に行っているのではないか。あの二人は湯屋への往き帰り、必ず手をつないでいる。ほほえましい姿で、実の親子より親子らしく見える。

　はやく二人に会いたくてならない自分がいることに、佐之助は驚いた。二人が恋しくてならない。

　一人でいることにこれまで気楽さを感じていたが、あれはただ寂しさがどんなものなのか、わかっていなかっただけだ。今は、孤独という言葉の本当の意味をはっきりとつかめる。

佐之助にとって、二人のいない暮らしなど、考えられなくなっていた。

あと一日の行程に迫っている沼里にどのくらい滞在することになるのか、正直なところまったくわからない。できるだけはやくすべてのことを解き明かし、江戸に戻りたい。

佐之助は歩くはやさをさらにあげた。


この町は戦国の昔、北条氏の手によって総囲いがなされていた。総囲いというのは、町全体を城壁で囲んでしまうことだ。ここ日本では珍しいが、唐の国では当たり前の造りときいたことがある。

宿場の入口で足をとめ、佐之助は城下を見渡した。

潮の香りが強くする。心を癒してくれるような波の音もかすかにきこえてくる。風は穏やかで、夕凪といったところか。それでも、大気がさわやかで蒸し暑さがさほど感じられないのは、やはり海がすぐそばにあるというのが大きいのだろう。

城下の西側は名にし負う箱根の山だ。北から南へと続いている巨大な山塊は海で切れている。その山の上に太陽が没しようとしており、薄くたなびくような雲を赤々と染めあげている。

この町すべてを城壁で囲んだのか。

佐之助はうなるような思いだ。北条氏が治めていた頃は、むろん今よりもっとせまかっただろうが、それでも町のすべてを囲むというのはすごい。

北条氏というのは、この町を本拠に滅亡するまでおよそ百年の歴史を刻んだときくが、そのあいだずっと城郭の普請を行い続けたのではあるまいか。執念のようなものを感じる。

北条氏は豊臣秀吉によって滅ぼされたが、それだけの思いをこの小田原という町に対して持っていたのだろう。

いったいなにが北条氏をして、この町にそれだけ熱い思いを抱かせたのか。

佐之助にはよくわからない。今見ても、城を中心とした、どこにでもありそうな町としか感じられなかった。

佐之助は再び箱根に目を向けた。

あの山のどこかに秀吉が築いた石垣山城があるはずだ。小田原の町を見おろすのに格好の場所なのだろうが、それがどこなのかしばらく眺めたが、見つけることはできなかった。明日、あの山を越える。そのときに見ることができるのだろうか。

宿場は、東海道の両側にずらりと旅籠が並んでいる。

昨日、この宿場に湯瀬は泊まっているはずだ。なにごともなければ、もう沼里に着いているだろう。

なにごともなければ、か。

佐之助はなんとなく、湯瀬の身になにかあったのではないか、と勘が働いた。なにかあったとしたら、顔ががらりと変わるあの男が弄《ろう》した策にはまったというとになるのだろうが、湯瀬が命を落とすということはまずなかろう。そのあたりは信頼できる男だ。やつは、そうたやすくたばるたまではない。

それは、真剣を手にしての湯瀬との対決を経験した俺だからいえることだ。あんなにしぶとい男はほかにいない。

泊まっていってよ、お兄さん、うちの夕餉は最高だよ。うちは料理だけじゃないよ、風呂も自慢なんだよ。旅の疲れがあっという間に取れるよ。

口々にいう旅籠の客引きの女たちの腕をかいくぐって、佐之助はずんずんと宿場内を進んだ。

宿場が終わる寸前に建っている旅籠を宿と決めた。ここにも客引きの女はいたが、女が肩に触れようとしたときには佐之助はさっさと暖簾をくぐっていた。

佐之助は旅に出ると、いつもこうしている。宿場の外れの宿屋が別に安全とはいえないのだろうが、端のほうが気持ちが落ち着くのは確かだ。

ほかの宿屋にくらべたら小さい旅籠だったが、土間に入りこんだ瞬間、いい宿を選んだのではないか、という気がした。箱根を前に盛っている宿場だけにこの旅籠も混んでいたが、宿の者がてきぱきと働き、その手慣れた様子に土間にあふれている客たちが気持ちよさそうにおのおの部屋に案内されていたからだ。

だがその思いは、相客が他に五人いる二階の部屋に案内され、茶を喫して落ち着いた直後、消え失せた。

番頭らしき奉公人が宿帳を持ってやってきて、佐之助は手形に記された偽名をそのまま書きこんだのだが、奉公人の目がこちらをじっと見ていた。

なんだ、と見返していうと、いえ、なんでもございません、と奉公人は宿帳を持ってそそくさと去っていった。

今のはなんだ、と佐之助は考えた。俺のことを知っているのか。いや、俺は今の奉公人のことを覚えていない。一度、会った者の顔は決して忘れることはない。

つまり、面と向かって会ったことはないということだ。

まさか俺の手配書がまわっているのではないか。

しかし江戸ならともかく、こんな田舎の町までこの俺の手配書がまわってくるものなのか。

実際に、江戸から逃げだした犯罪人が在所でつかまったという話はよくきく。犯罪人を捕縛する公儀の組織はよく整っているといえる。

それとも田舎だけに、人の多い江戸とは異なり、手配書の人の顔が覚えやすくなるものなのか。

どのみち用心するに越したことはない。なにが起きても、すぐさま応じられるようにしておくべきだろう。

注意しつつ風呂に浸かり、その後、部屋での夕餉になった。

夕餉に毒が入っていないか、なんとなく気にかかり、考えすぎだろうと思いつつも、一食くらい抜いても死にはせぬ、と佐之助は箸をつけずにおいた。

具合が悪いのでございますか、と片づけに来た女中にきかれたが、ただ食い気がないだけだ、と答えた。さようでございますか、と不思議そうな表情で女中は手つかずの膳を手に、部屋を出ていった。

相部屋の他の五人にも心配された。佐之助は苦笑気味に軽く首を振り、大丈夫だ、といった。

そのあと相部屋の者たちと少し話をした。昨晩は藤沢宿に泊まったのだが、やはり同じ部屋の者と語らった。これまでその存在すら知らなかった者と会話をかわすのは、旅の楽しみの一つだろう。

部屋は中庭に面している。少しは風が出てきたようで、あけ放たれた障子窓から庭の梢が小さく揺れているのが見えた。やや蒸し暑かった部屋も涼しくなり、一人の客が、いい風ですねえ、と気持ちよさそうにつぶやいて、ほうと息をついた。

五人はそれぞれ三人組と二人組で、いずれも江戸の者だった。三人組はこれからお伊勢参りに、二人組は商売で名古屋へ向かうとのことだ。

五人とも旅に出たのが楽しげで、にこにこしており、佐之助に対し、企みを抱いていたり、なにか仕掛けてきたりしそうな者には見えなかった。

「昨夜、ここ小田原宿で火事があったそうでございますよ。手前どもが小田原に来るたびに宿泊している旅籠なんですが、その火事のために今夜は泊まれず、こちらにまわってまいりました」

商人の年かさのほうがいった。火事だと、と佐之助は思った。湯瀬に関係しているのだろうか。

「大事になったんですか」

三人組の一人がたずねる。

「いえ、台所を焼いただけです。幸いなことに、死人はおろか怪我人も出なかったそうですよ」

「そいつはよかった」

となると、湯瀬には関係ないか。

しかし、佐之助のなかに釈然としないものは残った。

その後、布団が敷かれ、衝立が部屋に運びこまれた。

布団に横になった。薄っぺらでひどく汗臭いが、横たわると楽で、体が喜んでいるのがわかる。

明かりが消される。廊下や階段には行灯が置かれており、その光が腰高障子を通じてそっと入りこんでくる。

そのとき階下から、小さく物音がきこえた。犬のようにぴくんと首を伸ばし、佐之助は耳を澄ませた。

どうやら、大勢の者がぞろぞろと土間に入ってきたようだ。ひそめたらしい声音も耳に届く。

なんだ。

佐之助は上体を起こし、腰を浮かせた。いいことであるはずがなかった。捕り手だろうか。おそらくそうにちがいない。宿帳に記したときの番頭らしい男の目が思いだされる。

紛れもなくこの俺を目当てにやってきたのだろう。

すでに荷物はまとめてある。旅をするなら身軽なほうがいいに決まっているから、もともとたいした荷物は持っていない。

板のきしむ音がかすかにした。階段をあがってくる足音だ。忍び足だが、佐之助の耳ははっきりとそれをとらえた。

「どうかしたんですか」

いきなり荷物を手に、立ちあがった佐之助を見て、衝立越しに相客が声をかけてきた。商人の若いほうだ。

「たいしたことではないが、俺はこの宿を去らねばならなくなった」

「いったいどうしたんですか」

目をみはってきく。そのときには、ほかの四人も佐之助を見ていた。

「まあ、いろいろあるんだ」

にっと笑って佐之助は、半分あけられている障子窓からそっと顔をのぞかせた。

下の中庭には灯籠があり、火が入っていた。おぼろな光が、じんわりと木々や石を照らしている。

夏のいつまでも続く宵も終わりを告げ、夜のとばりがおりてきていた。捕り手らしい者の姿はどこにもない。

階段をのぼる足音が近づき、先頭の者は二階の廊下に出たようだ。

「ではな」

佐之助は障子窓の敷居に足を乗せて、いつでも飛びおりられる体勢をつくった。背後で腰高障子が乱暴にあけられる。

「宿あらためである」

居丈高《いたけだか》にいい、先頭を切って部屋に入ってきたのは侍だった。江戸の町方同心の捕物のなりとは若干ちがうが、捕り手だ。小田原のあるじの大久保家の者だろう。

侍の背後に十名以上の者が続いているのが、気配からわかった。

「江戸深川北森下町在太助《たすけ》、顔を見せい」

太助というのは、宿帳に記した偽名だ。

「ここだよ」

佐之助は笑いかけて敷居を蹴った。風を切る音が耳元を通りすぎてゆく。

鳥になった気分は一瞬だった。両足が地面についた。中庭の土はやわらかく、着地は楽だった。仮に土がかたかったとしても、足を痛めるようなへまはしない。

左手に台所の板戸が見えている。台所を抜けて右に走れば小さな路地にぶつかり、それを行けば東海道に出られる。風呂に入りに行ったとき、人目を盗んで調べた。

佐之助は台所に向けて走った。板戸に錠はついていない。もしついていたとしても、蹴破ればすむ。

佐之助がいた部屋から、庭だ、中庭にまわれ、という声がきこえてきた。

佐之助は台所の板戸に取りつこうとした。背後に気配を感じた。張っていやがったか。

佐之助は振り向いた。

すぐ間近に五人ばかりの人影が、灯籠の明かりに浮かびあがっている。

四人が刺股《さすまた》や突棒《つくぼう》、袖搦《そでがら》みを手にしている。一人が龕灯《がんどう》を持ち、それを佐之助に向けていた。このあたりの得物や道具は江戸の町方と変わりはない。

龕灯の明かりが少しまぶしかったが、佐之助は、御用という声とともに突きだされた突棒をあっさりとかわした。突棒の頭には、いくつもの歯がつけられている。体に当たると厄介だ。

佐之助は次にかかってきた袖搦みも避けた。避けざま捕り手の男の横面を張り飛ばした。男がまるで蛸のようにぐにゃりと地面に崩れ落ちる。

佐之助は足を繰りだし、刺股の男の腹を蹴った。男が腹のなかのものをもどしそうな声をだし、刺股を放りだしてうずくまる。

突棒の男が背後から近づき、横に振ってきた。それも楽々とよけて、顔面を拳で殴りつけた。

手応えは十分だった。男が吹っ飛び、右肩から地面に倒れた。一声うなって首を落とし、それきり動かなくなった。頬骨が折れたかもしれない。

それを見た残りの二人は戦意をなくした。目におびえがある。龕灯の明かりが小刻みに揺れている。

佐之助はかたわらに転がっている刺股を拾いあげ、二人に投げつけた。わあっと悲鳴のような声をあげ、二人があわてて中庭を走り去った。

「少しは骨があるかと思っていたが、捕り手が弱いのは江戸だけじゃないんだな」

二人が消えてゆくのを見送った佐之助は独りごちるようにいって、台所の板戸に歩み寄った。

錠はついていない。音を立てて横に滑らせた。

闇のなか、二つのかまどが並んでおり、薪と炭のにおいがほんのりと漂っている。

おこげの香ばしい香りも混じっているような気がした。その香りになんとなく千勢を思いだした。

千勢が長屋で食べさせてくれる飯には、いつもおこげがある。千勢は炊き方が下手なのを謝るが、飯を炊けばおこげができるのは当たり前のことにすぎない。

佐之助の家は母親自ら飯を炊いていたが、やはりおこげができた。千勢の飯を食するたびに母親のことがなつかしく思いだされ、佐之助は胸がきゅんとする。

その感じは決してきらいではない。

大勢の捕り手の気配が背後から近づいてきていたが、佐之助は気にすることなく台所に入りこみ、奥に向かって進んだ。

今は千勢のことだけを考えていたかった。

二

頭痛がする。

痛みは、徐々にひどくなってゆく。我慢しがたい。

平川琢ノ介は頭を抱えようとしたが、提灯《ちょうちん》を持って歩いている今、そんな真似はできない。代わりに、あいている右手で月代《さかやき》をなですさった。それで、少しは痛みがやわらいだような気がした。

長かった昼はようやく終わりを告げたばかりで、西の空には尾を引くような赤みがかすかに残っている。連なる家並みのはるか向こうの地平との境目あたりでたなびく雲はすでに闇の衣をまといつつあるが、雲の下側は夜の到来を阻むかのようにいまだにわずかな明るさを見せている。

それにしても蒸すな。

日暮れになっても、蒸し暑さはまったく消えない。風が死んで、あたりの梢もぐったりとしおれたような風情だ。

琢ノ介は、額に浮き出た汗を手の甲でぬぐった。粘りけのある汗がべったりとついた。さっき湯屋に行ってきたばかりなのに、もう汗だくになりつつある。

こいつはたまらんぞ。

琢ノ介は手の汗を着物になすりつけた。もう秋の気配がとっくに感じられてもいい頃なのに、今年はいつまでも暑い。虫の音もまったくきこえてこない。

こうして歩いていても、昼間の暑熱が体をじんわりと包みこんでくる。そのために、体中からさらに汗がわいてくる。

また湯屋に行きたくなった。あのきれいとはとてもいえない湯でも、汗だけはさっぱりと洗い流せる。

どこからか、まだ遊び足りなそうな子供の声がきこえてきた。いや、あれは明日の再会を約してわかれる声か。

子供は元気がいいな、と琢ノ介は思った。この暑さをものともしない。

自分にも同じような時代があったはずだが、いつなくしてしまったのだろう。

いつの頃から、こんなに暑さを苦にするようになったのか。

頭の痛みは去らない。風邪を引いたとかではなく、これは心に気がかりを負っているせいである。

ふむ、わしの予期した通りの頼みではあったのだがな。

昨日の引っ越しの際、おきくが真剣な顔つきで頼み事をしてきた。平川さまにご迷惑をおかけしたくないのですけど、私を駿州沼里に連れていってくださいませんか、というものだった。

おきくは、やはり直之進になにかあったのではないか、と胸騒ぎがしてならないのだという。それは、ときがいくらたってもちっともおさまろうとしない。

杞憂ではないのかな、と琢ノ介は思う。直之進ほどなにごとにもへこたれず、粘り強い男はいない。一見、優男《やさおとこ》そのものの風貌の持ち主だが、それからはうかがい知れないほどのしぶとさも持ち合わせている。

これまで幾多の戦いをすべて切り抜けてきたのは、そういう直之進の資質のおかげといってもよかろう。

どんなに腕が立ったとしても、もし直之進があきらめのいい男だったら、とうに命を落としているだろう。今、堀田備中守を黒幕とする敵を追いつめつつあるのも、直之進の粘り強さが生んだといっても過言ではないはずだ。

だから、どんなに強い敵が襲いかかってこようとも、直之進がそうたやすく殺られるはずがないのだ。

でも、女の勘は当たるからなあ。

おきくがあれだけ思い詰めた顔で口にした以上、相当の確信があるものと考えなければいけないのではないか。

うーむ、と琢ノ介は米田屋のある小日向東古川町に向かって歩きながら、首をひねってうなり声をあげた。

直之進に、本当になにかあったのだろうか。あったとして、いったいなにがあったのか。命に関わることだろうか。それはそうだろう。敵の襲撃以外、考えられない。

だが、どんな難敵に襲われたとしても、やはり直之進がいとも簡単に命を縮められたとは、琢ノ介にはどうしても思えない。人にやさしすぎる男だからそのあたりをつけこまれたとしても、きっと切り抜けているにちがいない。

おきくとともに沼里に行く。そのこと自体は悪くない。琢ノ介も直之進の故郷がどんなところか、見てみたい。旅というのは実に楽しいものだし、それがおきくと一緒なら、なおさらだろう。

だが、自分たちが沼里に行ったところで、果たしてどうにかなるものなのか。直之進はまちがいなく生きている。生きている以上、どんなことがあったにしろ、必ず沼里にあらわれる。

自分たちが沼里で、直之進の役に立つことがあるのだろうか。むしろ足手まといになるのではないか。

自分は、剣はさほどの腕ではない。実際に剣術道場で師範代をつとめたことがあるくらいだから、筋は悪くないと思うが、直之進や倉田佐之助とくらべたら月とすっぽんといっていい。

とにかく、と琢ノ介は思った。米田屋の返事如何《いかん》だな。どう考えても、あの親父が二人きりでの旅を承諾するはずがない。

しかし、琢ノ介としてもおきくを一人で沼里に行かせるわけにはいかない。おなごの一人旅は増えているといっても、やはり危険すぎる。

すでに米田屋の建物は視野に入っている。入口の暖簾ははずされているが、店のなかの明かりは灯されている。あけ放たれた戸の敷居際に、じんわりとした光がにじみ出ていた。

「ごめん」

琢ノ介は訪《おとな》いを入れた。土間から一段あがった帳場格子に区切られた場所で、一人の女が帳簿らしいものを見ていた。おきく、おれんの姉であるおあきだった。

おあきは妹たちとよく似てすばらしい美形だが、双子ではないから、いまだにおきくたちの見分けがつかない琢ノ介にも誰なのか、すぐにわかる。

「平川さま、いらっしゃいませ」

おあきが、店のなかの薄暗さを吹き飛ばすような明るい笑顔でいった。

これはいいな、と琢ノ介は思った。こういうのがあれば、仕事を探しにやってくる客たちも入りやすいし、元気づけられるにちがいなかった。

笑うのはただだから、それで店がはやるのなら申し分なかろう。

「米田屋はいるかな」

「はい、奥に」

おあきが裾を払って立ちあがる。夫をある事件で亡くした女だが、このあたりにどきりとするような色気が漂う。

琢ノ介は喉をごくりとさせた。軽く咳払いする。

「おあきどの、今日は夕餉をたかりに来たわけではないぞ。夕餉は長屋ですませてきたからな」

「さようでしたか。どうぞ、こちらに」

おあきが案内してくれた。

「ああ、平川さま、いらっしゃいませ」

居間で夕餉ができあがるのを待っていたらしい光右衛門が、おあきと同じ言葉を口にして頭を下げる。

「こちらにお座りください。今、平川さまの分を支度させますから」

示された場所に琢ノ介は腰をおろした。光右衛門を見つめる。

「おあきどのにも申したが、わしは夕餉を食べに来たわけではない」

「えっ、さようでございますか」

光右衛門が細い目を思い切りみはる。それでようやく黒目がちらりと見えた。

「ちと話があってな」

「ほう、話ですと。なんでございましょう」

光右衛門が背筋を伸ばし、興味深げな視線を当ててきた。

すまぬが、といって琢ノ介はまだそこにいたおあきに、おきくを呼んでもらった。

おきくが台所からやってきて、失礼いたします、と琢ノ介に挨拶した。光右衛門の隣に正座した。

その姿がやけにきれいに見え、おあきのときと同様、琢ノ介はどぎまぎした。たまらんな。もしこれで本当に一緒に旅をすることになったら、果たしてわしはいつまで冷静を保てるものか。江戸から沼里まで、男の足なら二泊三日。女連れだと、三泊四日になるかもしれぬ。

ぎりぎりであろうな、と琢ノ介は踏んだ。

「平川さま、どうかされましたか」

光右衛門にきかれた。おきくも父親と同じ目で琢ノ介を見ている。

「いや、なんでもない」

琢ノ介は居ずまいをあらためた。ちらりとおきくを見る。おきくが小さくうなずきを返してきた。

沼里行きの話を光右衛門にするというのは、おきくとかわした約束だ。

琢ノ介は間を一つあけてから、一気に語った。おきくが息を詰めるようにして見つめていた。

「とんでもない」

話をきき終えた光右衛門が血相を変え、腰を浮かせかける。

「平川さまと二人で沼里に行くなど、手前の目の黒いうちは決して許しません」

目の黒いうちか、と琢ノ介は思っておもしろかったが、今はそんな場合ではなかった。表情を引き締めた。

「しかし、直之進のことが心配だと申すおきくの気持ちもわからんではなかろう。ここは、どうだ、沼里行きを許してやったら」

直之進のことは案じずとも大丈夫だろう、と思いながらも、琢ノ介はいつしか、おきくに同道して沼里に赴くつもりになっていた。

沼里に行けば、わしたちでもきっと役立てることがあるにちがいない。そうに決まっている。

「手前が心配しているのは、おわかりでしょうけど、おきくが平川さまと二人きりということでございます」

おきくがうつむき加減になる。

「そのことはおきくもよくよく考えたであろう。しかし、わしのことを信頼して、相談を持ちかけてきたのだ。それに米田屋、わしが道中、おきくになにかするはずがないではないか」

「なにもしないという自信が、おありなのでございますか」

むっ、と琢ノ介はつまった。まるで心を見透かされたようだ。この狸親父は伊達に年を食っていない。

「嫁にだす前に傷物にされては、取り返しがつきません」

「わしはなにもせぬ」

「そうかもしれませんが」

光右衛門の細い目には、果たしていかがでしょうか、というような思いが色濃く宿っている。

「とにかく手前は、平川さまとおきくが二人きりというのが、気に入らないのでございます」

「それならば、三人ならよいのか」

「もう一人というのは、手前のことでございますかな」

光右衛門がじっと見てきた。

「平川さま、その通りにございます。沼里行きの条件は一つ、手前もともに、ということでございますな」

やはりそうきたか、と琢ノ介は思った。しかし、これしか手立てはなかろう。おきくだって父親と一緒がいやだとはいうまい。

おきくは、ほっとした思いと、仕方ないかという気持ちがないまぜになったような顔をしている。

とにかく光右衛門さえ一緒なら沼里に行けそうなことに、琢ノ介は安堵を隠せなかった。いつしか、頭の痛みは消えていた。

不意に、おれんが台所から顔をだした。これまでの話はすべて耳に入ったという顔をしている。

頭が痛かった本当の理由は、と琢ノ介は思い起こした。おきくが沼里に行くといいだしたことに、おれんがどう思うかということもあった。

おきくに劣らず、おれんも直之進に惚れているのだ。

もてすぎるというのも、と琢ノ介は脳裏に浮かべた直之進の面影に語りかけた。

ちと考えものだぞ。

三

大丈夫だろうかね。

樺山富士太郎は、暗い道を足早に歩きながら思った。うしろから珠吉の足音がきこえてくる。

注意深く耳を傾けてみる。珠吉の息づかいに変わったところは感じられない。若者のように力強く、規則正しい。足音も乱れてはいない。力強く土を踏み締めている。

うん、これなら大丈夫だね。

富士太郎は安心した。刻限は、すでに暮れ六つを四半刻ばかりまわっている。長かった昼間も舞台をおり、夜に主役の座を明け渡している。

ふだんならとっくに仕事を終えているはずだが、今日は朝から米田屋に豊吉の話をききに向かおうとして、目の前でひったくりがあり、その男を追いかけまわしてようやくとらえたあと、さらにもう一件のひったくりがあったのだ。

その男をつかまえるのには、半日近くかかった。この男は前の男以上にすばしっこかったが、富士太郎は追うのを決してあきらめなかった。息も絶え絶えで、心の臓が破裂するのではないかと思うくらい走りまわった。

ついに男をとらえたとき、ゆで蛸のように真っ赤な顔で男が、こんなにしつこい旦那ははじめてですよ、と半ばあきれていったほどだ。

実際、富士太郎自身、ここまで執念深く追いかけることができるとは思っていなかった。

その間、珠吉も富士太郎のそばを離れず、ずっとついてきた。じき六十になろうとする老中間に、江戸の町を舞台にした鬼ごっこがこたえなかったはずはなく、死んでしまうのではないかと危惧したほどだ。そのために富士太郎は珠吉の具合を気にかけていたのである。

珠吉には、もう帰っていいよ、米田屋さんへはおいら一人で行くから、といったのだが、旦那が行くのならあっしもお供します、それがつとめですからね、といい張って、珠吉はついてきた。

くたくたに疲れているはずなのに、それをおくびにもださずに老体に鞭打つ姿に、富士太郎は素直に感心してしまう。憬《あこが》れを抱いてしまう。

すごいものだねえ。素敵だよう。やっぱり昔の男はちがうね。珠吉の年の頃になっても、こんなふうにがんばれる男でいたいものだねえ。

目指す米田屋が見えてきた。暖簾はもうしまわれ、戸口も閉じられている。

この家の入口は戸口のみだ。富士太郎は前に立ち、軽く板戸を叩いた。

「どちらさまですか」

おれんらしい声がきこえた。どことなく元気がないように感じられるが、勘ちがいだろうか。

富士太郎が名乗ると、くぐり戸がすぐにあいた。

「これは樺山の旦那、いらっしゃいませ」

「こんな遅くにすまないね」

「いえ、とんでもない」

「あの、おれんちゃんだよね」

「はい、そうですが」

元気がないように見える理由をきこうとして、富士太郎は口を閉ざした。

きっと直之進さんのことが心配でならないんだよ。おいらと同じだよ。

うん、と富士太郎はおれんを見直した。

あれ、ちがうのかな。

単なる心配事でないような色が、瞳にあるような気がする。

「おれんちゃん、なにかあったのかい」

富士太郎は気づかい、やさしくたずねた。

「えっ」

一瞬、おれんが目を大きくした。

「いえ、なにも」

「そうかい。それならいいんだけどね」

いいたくないのならここはきかないほうがいいだろうね、と富士太郎は判断した。珠吉が、それでいいんですよ、といいたげな顔でこちらを見ている。

「米田屋さんはいるかい」

「はい、おります」

「食事中ではないのかな」

「先ほど終わったばかりです」

「それはよかった」

「どうぞ、お入りになってください。お茶をいれますから」

富士太郎と珠吉は土間に足を踏み入れた。おれんが戸を閉め、先に立った。かすかに味噌汁のにおいが漂っている。空腹の富士太郎はかなりそそられた。腹の虫が今にも鳴きだしそうだ。

居間に導かれた。夕餉を終えたばかりなのがわかる、あたたかみが感じられた。

「あっ、樺太郎《かばたろう》ではないか」

茶を喫していた琢ノ介が、楽しそうに呼びかけてきた。

「平川さん、またいいましたね」

「またってなにを」

「とぼけるんですか。それがしのことを樺太郎と呼んだことですよ。それがしは富士太郎です」

「ああ、そうだった。そいつはすまん。今度から気をつける」

「本当にそうしてくださいね。人の名をまちがえるなど、人としてあってはならぬことですから。頼みますよ、平川豚ノ介《ぶたのすけ》さん」

「なんだと」

琢ノ介が膝を立て、畳の上の刀を手に取った。いつでも引き抜ける姿勢を取る。

「誰が豚ノ介だ。この無礼者。てめえ、叩っ斬るぞ」

「無礼者は平川さんのほうじゃないですか。そっちが先に喧嘩を売ってきたんですよ。それがしは、売られた喧嘩は買います。やりますか」

富士太郎も懐から十手を取りだした。

「いい度胸だ」

「ちょっとやめてください」

光右衛門が立ちあがり、あわてて割って入る。

「二人とも落ち着いてください。お願いします」

「とめるな、米田屋」

琢ノ介が吼《ほ》える。

「米田屋さん、とめないでください。この無礼な豚侍《ぶたざむらい》は一度、とことん思い知らせないと駄目なんですから」

「誰が豚侍だ」

「そんなこと、いわずともわかっているでしょうに」

「きさま、ほんとうに斬る」

「こっちは頭をかち割ってやりますからね」

富士太郎は十手を振りかぶるようにして構えた。

「旦那、やめてください。大人げないですよ」

珠吉が背後から声をかけてきた。

「珠吉、子供の喧嘩を仕掛けてきたのは豚ノ介のほうなんだよ」

富士太郎は振り返ることなくいった。

「てめえ、まだいうか」

「旦那、本当にやめましょう」

強くいって、珠吉がうしろから羽交い締めのようにしてきた。それが喉にがっちりときまった。

「く、苦しいよ、珠吉」

「えっ」

「は、放しておくれよ」

「すみません」

しかし、言葉とは裏腹に珠吉は腕から力を一向にゆるめようとしない。

「旦那、やめますか。やめるんなら、手を放しますよ」

「や、やめるよ。だから、はやく、頼むよ、珠吉」

富士太郎は息も絶え絶えにいった。

「本当にやめますね。約束ですよ」

「し、死ぬ」

不意に喉を締めつけていたものが消え、息が通った。富士太郎は畳に膝をつき、ごほごほと激しく咳きこんだ。

「大丈夫ですかい」

珠吉が肩越しにのぞきこんできた。

「大丈夫じゃないよ。珠吉、本気で絞めやがったね」

「本気じゃありませんよ。本気なら、旦那の首はへし折れていましたよ」

腕相撲を取っても、富士太郎は珠吉にかなわない。珠吉なら、首の骨を折ることなど、造作もないだろう。

富士太郎は首をなでさすった。

「本気じゃないのは、おいらたちも同じさ。犬の子のじゃれ合いみたいなものなんだからさ。ねえ、平川さん」

その通りだ、と琢ノ介があっさりとうなずく。

「本気で刀を抜く気など、はなからない。ましてや叩っ斬るなんてことはな。会うと必ず悪口をいうのは、富士太郎に対する挨拶のようなものだ」

「本当なのですか」

光右衛門が疑り深そうにきく。

「ああ」

琢ノ介が刀を置き、座り直した。息がふつうにできるようになった富士太郎もそれにならった。

最後に、珠吉が斜めうしろに控える。それを見て光右衛門やおきく、おれん、おあきもほっとしたように正座した。お茶をいれてきますね、とおあきが立ちあがり、台所のほうに向かった。

「富士太郎、どうしてここに。飯を目当てに来たわけではあるまい」

おあきを目で追っていた琢ノ介がきいてきた。

「ええ、米田屋さんにききたいことがあって来たんです」

「ききたいこととおっしゃいますと、なんでございますか」

「この男なんだけど」

富士太郎は半殺しの目に遭った豊吉の人相書を懐から取りだし、光右衛門に見せた。

「見覚えがあるかい」

光右衛門が手に取り、しげしげと見入る。

「ええ、ございますよ。確か、豊吉さんといいましたね。どこか崩れたような感じがありましたけれど、目に涼やかさがあり、湯瀬さまに感じが似ているところがあって、手前はよく覚えております。飾り職人の市之助さんのところに紹介しました。歳はかなりいっていましたけど、本人が是非ともやりたいとのことでしたので」

「下総《しもうさ》の出ということだけど」

これは市之助からきいた事柄だ。

「はい、手前もそういうふうにきいております。下総の村を出てきたのが十年ほど前、と申していました」

「一人でかな」

富士太郎は、豊吉を脅していた三人が同じ村の出なのではないか、という気がなんとなくした。

光右衛門が申しわけなさそうに首を小さく振った。

「それはきいていません」

「そう」

少し残念だった。

おあきが茶を持ってきてくれた。どうぞ、と富士太郎と珠吉の前にそれぞれ湯飲みを置く。ありがとう、と返して富士太郎と珠吉はさっそくいただいた。こくがあって、とてもうまい。

「村の名をきいていますか」

湯飲みを茶托に戻して、富士太郎は光右衛門にきいた。

「はい、それはもちろんでございます」

少々お待ちくださいますか、といって光右衛門が立ち、居間を出ていった。帳面を手にすぐに戻ってきた。正座し、帳面を手際よく繰《く》る。

「ああ、こいつです。印旛《いんば》郡の本郷村ということですね」

富士太郎は頭に刻みこむだけでなく、矢立をつかって紙に書いた。

「米田屋さんには、誰かの紹介で来たんですか」

「いえ、ちがいます」

「では、飛びこみでやってきたんですね」

「おそらくそうなんでしょうね。ここに口入屋があることは、知っていたような口ぶりでした。まあ、表通りに面していて、そこそこ場所がいいですから」

なるほど、と富士太郎は相づちを打った。

「市之助さんのところに奉公する際、米田屋さんが請人になったのですね」

「はい、さようにございます。口銭の一割をいただきました」

ここではじめて光右衛門がいぶかしそうな顔つきになった。

「豊吉さんがなにか」

「別に悪さをしたというわけじゃないんですよ。その逆です」

富士太郎は豊吉の身になにが起きたか、語った。

ええっ、とそこにいた全員が驚いた。

「命には別状ないようだから、安心してくださいね」

「それはよかった」

「よろしいですか」

おれんが富士太郎に断ってから、人相書を手にした。熱心に見ている。

「おれん、どうかしたのか」

富士太郎がきく前に、光右衛門がただした。

「私、この豊吉さんが店に来たとき、いなかった」

「ああ、買い物に出かけていたかな。でもそれがどうかしたかい」

「私、一度、この人に会っているんです」

「えっ、どこでだい」

富士太郎はすばやくたずねた。

「やっぱり買い物に出たときです」

「どこでだい。近くかな」

「はい、近いといえば近いと思います。小日向水道町です」

「小日向水道町のどこかな」

「あれは、花須味という料亭の裏路地だったと思います」

「そこで会ったの」

富士太郎は驚いてきいた。豊吉が半殺しにされていた場所だ。

「はい」

豊吉は路地の反対側から歩いてきて、おれんとすれちがおうとした際、そばの木をおりてきた猫にびっくりして跳びはねた拍子に転んでしまい、足をくじいた。おれんは気の毒で、肩を貸して近くの医者まで連れていってあげた。幼い頃から猫はどうも苦手で、と男はいいわけした。

「それでわかれたの」

「はい。お礼がしたいといいましたけど、気にしなくていいですから、といって私はお医者のもとを出てきました」

富士太郎は顎をなでさすった。今朝、剃ったばかりなのに、もうひげが伸びてきている。

もういやだねえ。

「おれんちゃん、連れていってあげた医者は、知り合いかい」

「はい、小さな頃から何度も診てもらったことがあります」

「じゃあ、おれんちゃんがどこの娘か、お医者は知っているんだね」

「はい」

礼をしたいから、といえば、医者は助けてくれたのがどこの娘か教えるのをためらいはしないだろうねえ。きっと豊吉が米田屋にやってきたのは、偶然ではないだろうね。それにしてもおれんちゃんが豊吉と出会った場所と豊吉が半殺しにされた場所が同じというのは、ちと気になるね。

珠吉も同じことを考えているらしいのが、表情から知れた。

ほかにきいておくべきことはないか、富士太郎は思案した。別に思いつかなかった。

目をあげ、光右衛門を見つめた。

「米田屋さん、こういう場合、請人としての責任がどうしても出てきてしまうので、どこか遠くに行くようなことは控えてくださいね」

「ええっ」

米田屋がそのまま絶句したので、富士太郎のほうが驚いてしまった。

「どこかに遠出するような予定があるんですか」

光右衛門に代わり、琢ノ介が話した。

「ええっ」

今度は富士太郎が絶句する番だった。

おきくちゃんが沼里に行くだなんて、直之進さんを取られちまうよお。

「いつ旅立つんですか」

富士太郎はようやく琢ノ介にきいた。

「すぐだ。明日にでも発てればいい、と考えている」

「それがしも行きます」

富士太郎はほとんど叫んでいた。

「駄目です」

すかさずぴしゃりといったのは珠吉だ。富士太郎は振り向いた。

「どうしてだい」

「仕事があります。定廻り同心が江戸を離れられるわけがないでしょう」

「沼里にちょっと行くくらいなら、いいだろう」

「いいわけないでしょう」

「本当に駄目かい」

「当たり前です」

「そんな殺生な」

「定廻り同心が、なにわけのわからないことをいっているんです」

「富士太郎、直之進にはおまえが会いたがっていた、としっかり伝えるから安心しろ」

富士太郎はほとんど泣き顔だ。

「平川さん、直之進さんに、はやく江戸に帰ってくるように必ずいってくださいね」

「ああ、むろんだ。だが、沼里はやつの故郷だからな、久しぶりに帰って里心がつき、二度と江戸に戻ってこぬかもしれぬぞ」

「ええっ、そんな」

「平川さま、そのくらいにしておいたほうがよろしいでしょう」

光右衛門がたしなめる。

「樺山の旦那、大丈夫ですよ。湯瀬さまは必ず戻っていらっしゃいますから」

「そうだよね、米田屋さん」

「そうですとも」

光右衛門が力強く請け合ってくれたおかげで、富士太郎の心は慰められた。

「それにしても米田屋、どうする。これでわしたちは二人きりだぞ。行ってもいいのか」

琢ノ介にいわれ、光右衛門が渋い顔をしている。

「さて、どうしますかな」

下を向き、つぶやくようにいった。

二人を行かさないでよ、特におきくちゃんは、と富士太郎は願ったが、沈思している光右衛門はじっとうつむいたきり、地蔵のように動かなくなってしまった。

四

沼里で使番が闇討ちされ、無残にも斬り殺されたのはこれで二度目だ。一度目は一年半前のことで、又太郎がまだ江戸上屋敷で誠興《まさおき》の跡継として気ままにすごしていたときだ。

斬り殺されたのは藤村円四郎という男だ。遣い手だったときいている。藤村は夏井与兵衛という当時の末席家老の警護についていて、夏井とともに殺されてしまったのだ。古田左近という夏井の家臣もそのときに同じ運命をたどっている。この男も夏井の警護役をつとめていた。

三人を殺したのが何者なのか、それはすでにはっきりしている。倉田佐之助という殺し屋だ。

夏井は家中の一派閥を抜けようとしたが、派閥の領袖《りようしゆう》の指示で、命を縮められたのである。藤村と古田の二人は、その巻き添えを食ったようなものだ。

しかし、こたびの立花琴四郎《たちばなことしろう》はちがう。琴四郎は狙われて、斬り殺されたのだ。

琴四郎はすばらしい遣い手だった。そのすごさを、又太郎は目の当たりにしている。筆頭家老の大橋民部《おおはしみんぶ》の屋敷で行われた試合で、城下の高村《たかむら》道場の高弟を五人、すべて圧勝で破ってみせたのだ。

父親の誠興から駿州沼里のあるじの座を譲られ、はじめての国入りをしたばかりの又太郎が領内見まわりをするときなど、琴四郎は必ずそばについていた。又太郎の警護役をつとめていたのである。

以前、又太郎は家督相続に絡んで命を狙われたことがあるが、湯瀬直之進や国元の筆頭家老である大橋民部などの働きで、無事に危機をやりすごすことができた。

琴四郎が警護役についたのは、大橋民部の計らいだった。

誠興の危篤により、また胡散臭い動きが家中にあり、民部の話では、又太郎が狙われているかもしれないとのことだった。琴四郎が警護役についたのはそのための措置だったが、領内見まわりからなにごともなく城に戻った又太郎のそばを離れ、屋敷に戻るために下城したとき琴四郎は供の者とともに殺されたのだ。

一刀のもと、袈裟斬りに殺されていたとのことだ。琴四郎は自らが流した血の海に沈んでいたという。抜き合わせたらしく、抜き身はしっかりと握られていた。だが、刀身には一片の血糊もついていなかった。

家中でもきっての遣い手だった琴四郎があっけなく斬殺されたことは、又太郎に強い衝撃を与えた。

琴四郎を斬れるのは、家中では何人もいない。いや、ただ一人だろう。湯瀬直之進しか考えられない。

だが、直之進が琴四郎を殺すような真似をするはずがない。それに、直之進は今、江戸にいる。

となると、直之進並みのすさまじい遣い手がよそから入りこみ、琴四郎を殺ったことになる。

そのすさまじい遣い手が、もしやこの俺を狙っているのか。警護役をこの世から消してしまえば、俺など屠るのはたやすいと考えているのか。

あまりの怖さに身震いが出そうだ。又太郎は刀剣の腕に自信はまったくない。もし警護役なしに襲われたら、確実に殺られてしまうだろう。

そのことを恐れ、新たな警護役を今、民部が選んでいる最中だ。

しかし、どうやら難航しているようだ。琴四郎並みの腕を持つ者が家中に何人もいるわけもないし、琴四郎を超える腕の者でなければ、又太郎を守ることはまずできない。それだけの腕を持つ者が、家中にいるはずがなかった。

直之進がいてくれれば。

又太郎は祈るような気持ちで思った。

だが、それはない物ねだりでしかない。呼べば直之進は飛んできてくれるだろう。今も三十石の禄を給してもいる。

しかしおのれの身を守らせるために、給しているわけではない。あれは、この命を守ってくれたことに対する恩賞だ。

直之進自身、江戸での暮らしに慣れ、なじみの者も多くできただろう。そういう者から引きはがすように、無理に呼ぶのははばかられる。

今、町奉行や目付衆が琴四郎殺しの犯人を懸命に探している。だが、よそから来た者が犯人であるのなら、領内で見つかるはずがない。

それにしても、と又太郎は思った。琴四郎殺しがこの俺を狙うためだとして、なにが目的なのか。

家督か。

以前、自分が狙われたのは、宮田彦兵衛という家中きっての実力者である中老の孫の竹寿丸《ちくじゅまる》に、家督相続させようという彦兵衛の思いがあったからだ。彦兵衛は又太郎を殺そうとした罪が露見してとらえられ、斬罪に処せられたが、竹寿丸は一命を助けられて寺預けになった。

竹寿丸は彦兵衛の娘で誠興の側室となった雅代《まさよ》の子で、又太郎には弟に当たる。今は健次郎房興《けんじろうふさおき》と名乗っている。歳は十六。又太郎はまだ一度もこの弟に会ったことはない。

この俺を亡き者にし、健次郎を沼里のあるじに再び祭りあげようとしている動きがあるのではないか、と筆頭家老の大橋民部はいっている。

そうかもしれない。

果たして、俺を狙ってくるのはいつのことなのか。

ほんの六日前、江戸で父親の誠興が亡くなった。遺骸は、江戸の菩提寺である今銘寺で荼毘《だび》に付された。遺骨が沼里に運ばれてきたら、日を選んで法要が営まれることになっている。

実際のところ、その日取りはもう決まっている。五日後に迫っていた。

民部からは、警護役が見つかるまで外出は控えるように厳にいわれている。

その言葉を、又太郎は素直に守っている。内心は城外に出て、新鮮な大気を胸一杯に吸いたくてならない。

沼里城はそばを大河である狩場川《かりばがわ》が流れて景色がいいし、海が近いせいもあってさわやかな風が吹きこんでくるが、それでも城内にいるのは、息が詰まる。

確かにこうしている分には、まず狙われることはないだろう。

狙われるとしたら、やはり俺が外に出たときか。となれば、父上の法要の日しかない。

その日、俺は朝はやくから菩提寺の称蔭寺《しょういんじ》に向かう。

城と称蔭寺のあいだの道のりは、駕籠に乗ることになろう。

そのときか。それとも、称蔭寺に入ったときだろうか。

どちらにしろ、まわりには大勢の家臣がひしめくように控えていよう。

家臣に刺客が紛れているなどということはないのか。

そんなことを考えると、近くにいる誰もが信用できなくなってしまう。そばにいる小姓たちにも猜疑の目を向けなくてはならなくなってしまう。そうなると城内も安全とはいえぬ。

いや、と又太郎は思った。今はそのようなことを考えるのはよそう。人の運命など、なるようにしかならないのだから。

どんな努力を積み重ねたところで、死ぬときには死ぬ。

だからといって、生きる努力を放棄しようという気にはならない。

湯瀬。

呼びかけると、直之進の顔が脳裏に浮かんできた。

そなたがそばにいてくれたら、どんなに心強かろう。

五

小田原の旅籠をあとにしたのち、箱根の山に入ったはいいが、石垣山城を探している暇はなかった。

佐之助はそれが心残りだった。

沼里からの帰りに、見ることができればいいのだが。

自分でも、どうして石垣山城にこんなにこだわるのか、と思う。

前に沼里に行ったときには、たいして興味もなかった。石垣山城のことは知識のうちだったが、見たいという思いに駆られたことは一度もなかった。

それが今回はちがう。

もっとも、その理由はわからないでもない。本好きのお咲希が手習所の友垣から借りてきた本のなかに、太閤秀吉について書かれたものがあり、それを少し読んだからだろう。ちょうど、小田原の北条攻めに関して記されていたところだった。

石垣山城は、秀吉が小田原の北条氏を攻めたときに築いた陣城《じんじろ》である。小田原城から決して見えないように、数万の人夫によっておよそ八十日のときをかけて完成させたといわれている。

築城後、あたりの木々をいっせいに伐《き》り取ったために、まるで一夜のうちに築かれたように小田原城に籠もる北条氏側には映ったのだそうだ。

秀吉がこんな真似をしたのは、北条勢から戦意を削ぐためだったらしいが、どのみち二十万を超える大軍に囲まれ、小田原城に籠もった五万ばかりの北条勢は身動きができなかったはずで、城を一夜でつくったように見せかけなくても、いずれ落城はまちがいなかったはずだ。

だから佐之助には、北条方の戦意を削ぐためにしたというのは、ちがうのではないか、という気がしてならない。

城を攻める際に、石垣山城のような陣城を築くのは当たり前のことでしかない。一夜城に見せかけたのは、派手好きの秀吉が諸国から集まってきている味方の軍勢の注目を集めることに加え、北条勢をびっくりさせてやろう、といういたずら心だったにすぎないのではなかろうか。

だが、いま石垣山城のことはどうでもいいことだ、と佐之助は思った。

どうも俺は心に隙を持ちすぎている。

こんなことではいけない。きっと足下をすくわれる。気を引き締めてこの先、動かねばならぬ。

佐之助はしばらくのあいだ、石垣山城のことを考えるのはやめることにした。

箱根の関所は、小田原大久保家が公儀から預かるという形を取っている。

となれば、箱根の関所には、俺の人相書や手配書は確実にまわっている。

千勢の奉公先だった料亭料永《りょうえい》のあるじである利八《りはち》が殺されたことに端を発した腐り米の横流し事件の黒幕は、どうやら老中首座の堀田備中守正朝であるのがわかってきた。

佐之助は一度、堀田備中守の国元である下総佐倉《さくら》に行ってきた。敵である堀田備中守のことを知らなくては、これからの戦いがやりにくいと考えたからだ。

老中首座のような強大な敵と戦うとき、相手のことを知らずに挑むのは、愚か者のすることだ。

勝利するためには、相手のことを徹底して調べあげなければならない。実際に佐倉では、堀田備中守の力の源泉がなんなのか、力を入れて調べてみた。だが、収穫といえるようなものを手に入れることはできなかった。

それはいい。堀田備中守の力のことは今、とりあえず考える必要はないことだからだ。

小田原で俺に捕り手がかかったのは、大久保家が堀田備中守の一派だからだろう。俺があらわれたら、とらえるようにという命が届いていたにちがいない。

それは箱根の関所でも同じことだ。もしのこのこと顔をだせば、必ずとらえにかかるのだろう。

大久保家の者に、この俺をとらえられるはずがない。

だが、佐之助のなかでは、面倒を避けたいという気持ちが強い。

俺は沼里に行かねばならぬ。もし刀を抜いての戦いなどということになれば、相手を斬り殺さねばならなくなる。そこまではやりたくない。万が一のことにすぎないが、この俺だって傷を負わせられるかもしれない。

そんなことになれば、沼里に赴くのが遅くなってしまう。

今、沼里でなにが起きようとしているのか、佐之助は知らない。しかし着くのが遅くなれば、そのなにかに間に合わなくなるかもしれない。

だとすれば、取る道は一つしかない。

今、佐之助は箱根の山中にいる。東海道からはずれ、間道を歩いていた。

箱根は、いたるところに関が設けられている。これらのすべてを抜けるためには、練達の者が必要だ。

会わなければならないが、箱根は広く、佐之助は目当ての村になかなか出られない。

道をまちがえたとは思えぬのだが。

江戸を出るとき、関所破りの男がどの村に住んでいるか、調べ直した。そこまで行くための道筋も頭に叩きこんだ。

しかし、もう姿を見せていいはずの村は見えてこない。人ともまったく出会わない。深い木々がひたすら続いているだけで、まさに深山幽谷《しんざんゆうこく》の趣だ。

すでに日は陰り、山中は薄暗さに包みこまれている。刻限はまだ七つ頃と思えるのに、あたりは夕刻のような雰囲気になりつつあった。

石畳や松並木などよく整備された東海道とは異なり、踏み締めている足の下にあるのは獣道でしかない。

ふくらはぎや臑《すね》の高さに草が生い茂り、足は草の汁で緑色に染められつつある。昼間の熱が森のなかにもいまだに濃く残っているせいか、立ちのぼる草いきれが強烈で、胸が詰まるような感じになる。

ときおり木の枝のようなかたさを持つ草があり、それが太ももに当たると、かなりの痛みをともなう。足をおろしたそばの茂みから、蛇が遠ざかってゆくような音をきくこともたびたびあった。

樹間を飛びかう鳥たちの声が、頭上から絶え間なくきこえてくる。江戸とはくらべものにならない数で、餌でも探しているのか、さえずりはまったく途切れることがない。

こんなにおびただしい数の鳥の声でも、木々の深い山中では、耳に心地よく届くから不思議なものだ。

ここまで来るあいだ、獣らしい気配も幾度となく嗅いだ。

鹿の姿は実際に何度か見た。道に出て、草かなにかを食《は》んでいる様子だった。鹿は呼びかけると振り向くというが、呼びかけるより先にこちらの気配を覚るやあっという間に森へと姿を消した。見習いたくなるようなすばらしい身軽さだ。

猪や熊も数多く棲息しているのだろうが、姿を目にすることはなかった。猪はともかく、熊は一度くらい見てみたいものだが、どうやら願いはかなえられそうにない。

いや、獣のことなどどうでもいい。はやく人間を見つけなければならない。

村はどこなのか。一向にあらわれない。

暗さが増してきた。季節が季節だけにこのまま夜を迎えても凍える心配はないが、一刻もはやく村に着くに越したことはない。

もう一度、頭に絵図を描き、これまでたどってきた道筋と合わせてみる。

うむ、やはりまちがいはない。この道でいい。

村が絵図通りの場所にあるなら、この先で森が切れ、広々とした草原に出るはずだ。その草原を突っ切った林の手前に目当ての村は存在する。

佐之助は自分を信頼して、歩き続けた。

こういうときおのれを信じず、誰を信じるというのだ。結局、最後に頼りになるのは自分自身だ。

不意に風が吹きこんできた。目の前の風景がひらけている。

空がまだ明るく、青さがはっきりと見て取れる。小さな雲がいくつも、ゆっくりと北に流れていた。

おびただしいすすきが生えている草原だ。まだ穂はないが、これで秋になったら息をのむ景色になるのではないか。

この先だな。

森を出た佐之助は、すすきの原に足を踏みだした。


村は、戸数二十ばかりだ。

目当ての男は智造《ともぞう》といい、顔には干ばつに遭った土地のようなひび割れたしわが刻まれ、総髪にした頭はうどん粉でもまぶしたかのように真っ白だ。一見、濁っているように見える目はぎらりとした光をたたえて鋭く、口は岩をも砕きそうなほどがっしりとして大きい。鼻は、手のひらでぐいっと押さえつけられたようにひしゃげていた。

歳は六十近いように見えるが、実際はかなり若いのではないか。歯がほとんど残っていることがその証だろう。これまで修羅場を数多く経験し、それが智造を老成させているように思えた。

こいつは本物だな、と佐之助は直感した。これで箱根越えは半分以上、成功したようなものだ。

「こっちへ」

佐之助は、智造の家の裏に連れていかれた。肥《こえ》のにおいがしている。佐之助の気配を嗅いだのか、近くで落ち着かなさそうに馬がいなないた。

「あんた、名は」

佐之助は本名を名乗った。

「ほう、お武家かい、町人のなりをしちゃいるが」

智造が腕を組み、佐之助に遠慮のない視線を浴びせた。

「小田原の役人じゃねえのか」

「俺が役人に見えるか」

智造が顎をなでた。

「見えねえな。役人のくそのようなにおいはしねえ。――たまに身なりを変えて調べに来る者がいるんだ。殺して埋めてしまうのは楽だが、あとのことを考えると、無事に小田原に帰したほうが後腐れがねえ」

智造が丸太のような腕を組む。

「おめえさん、どこでわしのことを知った」

「江戸でいろいろと調べて、最高の達者ということでおぬしの名が出てきた」

智造が軽く首をひねる。

「わしのことがわかったということは、佐之助さんといったか、おまえさんも表街道を歩いちゃいねえな。もっとも、まともな男ならわしのところに頼みに来るはずもねえか」

意外によくしゃべる男なんだな。

佐之助は無言で智造を見ていた。

「あんた、いい目をしているな。わしの力など借りずとも、箱根を越えられそうな腕っ節と度胸をしている。それなのにどうしてわしのところに来た」

佐之助は話した。

「ふむ、面倒を避けるためか。わからんでもねえ」

智造がじろじろと見る。

「あんたなら、力ずくで関所を破れるだろうな」

「買いかぶりだ」

「そうかねえ」

智造がつぶやいた。

「だが、どうして関所破りをしなくちゃいけねえんだ」

「理由をいわぬと駄目か」

「いや、そういうわけではねえ。きいたのは興味からよ」

「沼里に用事がある」

「沼里か。つい最近、江戸で長患いしていたご隠居がおっ死《ち》んだときいたな。若い殿さまがお国入りをしたばかりだが、ご多分に漏れず、沼里でも代替わりのごたごたが起きているのかい」

「そうかもな」

「ふむ、多くは語らねえか」

智造が笑みを見せた。幼子のようなすれていない笑顔だ。拳で厚い胸板を叩く。いい音が響いた。

「いいよ、わしはおめえさんを気に入った。よし、連れていってやろうじゃねえか。わしほど箱根を知っている男はほかにいねえ。大船に乗った気でいてくれ」

ただしだ、と智造はいった。

「代は安くねえよ」

「いくらだ」

「箱根を熟知しているといっても、命懸けであるのは変わりはねえ。万が一とっつかまりゃ、獄門だ」

二十五両を要求された。もっとふっかけてくると思っていた。

「よかろう」

佐之助は懐から二十五両の包み金を取りだした。

「ありがてえ」

智造が拝むように押しいただいた。

「なにしろ米もろくにとれねえ貧しい村なんでね、これでみんな、大喜びだ」

「金はわけるのか」

佐之助はたずねた。

「当たり前さ」

智造が明るい笑みを見せた。佐之助にだいぶ心を許している。あたりをはばからない声で続けた。

「大きな声じゃいえねえが、この村は関所破りが生業みたいなものだ。村の者は赤子の頃から仕込まれて、一人前の関所破りに育つんだぜ」

六

鳥の鳴き声がする。

庭でみみずでも見つけたのか、どこか弾んだ声にきこえた。それとも餌の取り合いをして、争っているのか。

鳥どもの気持ちはよくわからんな。

琢ノ介は目をぱちりとあけた。部屋はすでに明るい。

ふむ、今日もちゃんと朝がきたか。

そんな当たり前のことが、妙にありがたく思えた。毎日毎日、しっかりと朝がくる。それで人々の暮らしはまわっている。

もし朝がこなくなったら、どうなってしまうんだろう。

こいつもよくわからんな。

朝がこなくなるなど、いくら考えてもぴんとこない。

じきに夏は終わりとはいえ、夜は短く、朝がやってくるのはまだまだはやい。

あー、よく寝たなあ。

寝床に横になったまま、琢ノ介は腕を突きあげるように伸ばした。

うー、気持ちいい。——むっ。

着物がはだけ、腹が見えている。ぽっこりとふくらんでいた。

こいつはひどいな。

琢ノ介は顔をしかめた。

これでは富士太郎に豚ノ介といわれるのも無理はないな。

琢ノ介は布団の上に上体を起こした。きれいで上質な布団だ。そこはかとなく、いいにおいもする。長屋の薄っぺらで汗臭いものとはだいぶちがう。

この布団、わしにくれんかな。まあ、駄目だろうな。

布団は高価なのだ。仮に米田屋が気前がいいとしても、無理だろう。

もともとあの狸親父は吝《しわ》いからな。

琢ノ介はもう一度、伸びをした。大きなあくびが出た。

昨日、米田屋に来た琢ノ介は、沼里行きについて光右衛門と話をした。そのあと富士太郎が来るなどしているうちに、長屋に帰るのが億劫《おっくう》になった。そのまま光右衛門の隣の間に布団を敷いてもらい、横になったのだ。弟たちが世話になっていたとき、寝泊まりしていた部屋である。

台所のほうから、まな板を叩く小気味いい音がする。誰かな。おれんかな、おきくかな。それともおあきさんか。じき朝餉ということだろう。味噌汁のにおいが漂ってきた。腹の虫が鳴いた。空腹なのは鳥たちだけではないということだ。

琢ノ介は着替え、居間に行った。

台所に近くなった分、味噌汁の香りはさらに濃くなった。昆布でも煮つけているのか、醬油の香ばしいにおいもしてきた。また腹が鳴った。

居間には光右衛門がいた。朝の挨拶をかわした。

「よく眠れましたか」

「おかげさまでな。いい布団だ。いいにおいもしていた」

琢ノ介は光右衛門の向かいにどかりと腰をおろした。

「さようにございましょう」

光右衛門が満足そうにいう。

「あれは、昨日まで手前が寝ていた布団ですから」

「なんだと」

「いいにおいは、手前のつけたものでございましょう」

「そんな」

琢ノ介は呆然とした。光右衛門がにっと笑う。

「冗談でございます。あれはお客がいらしたときにつかう最上の布団ですよ。寝心地がいいのは当たり前でございます。においはもともとのものでございますよ」

琢ノ介はほっとしたが、嫌みの一つもいいたくなった。

「まったく相変わらず狸親父だな。それより米田屋、沼里行きはどうするんだ」

「それでございますか」

光右衛門が唇をへの字に曲げて、渋い顔をする。

「昨晩じっくりと寝床で考えました」

「それで」

光右衛門が再考するように畳に視線を落とす。

「手前も湯瀬さまのことがどうにも気にかかってならぬのです。でも豊吉さんのこともあり、江戸を離れるわけにはまいりません。ここは平川さま、おきくを連れて沼里に行ってきてください」

「よいのか」

「考えぬいた末の結論でございます。もうひるがえすことはございません。ただし——」

光右衛門が細い目をきらりと光らせた。本当に光を帯びたので、琢ノ介は少なからず驚いた。

「道中、おきくの身になにかあったら、ただではすみませんぞ」

「前にもいったが、わしは決して手だしせぬ。安心していい。なにごともなく直之進に会わせてみせる」

光右衛門は明らかに本気だった。もしおきくに手をだしたら、寝首をかかれるかもしれない。米田屋に気楽に遊びに来られなくなるのと引き替えにする気には、琢ノ介はなれなかった。

その後、朝餉になり、琢ノ介は存分に食べさせてもらった。光右衛門におきく、おれん、おあきにせがれの祥吉。こうしてみんなで一緒に食べると、ずっとおいしくなるのは、どうしてなのだろう。

茶をもらって喫していると、おれんが居ずまいを正した。

「今日、行きたいところがあるのです」

「どこだい」

音をさせて茶をすすりつつ、光右衛門がきいた。

「実源先生のところです」

「そいつは医者のことだな」

琢ノ介は、富士太郎の話を思い起こしている。

「どうして行きたいんだい」

光右衛門がやさしくたずねる。

「豊吉さんを放っておけないんです。見舞いに行きたくて」

おれんはすがるような目をしている。

半刻後、琢ノ介は光右衛門たちとともに、豊吉が寝ている実源のところにいた。

ひどいな。

晒しで顔をぐるぐる巻きにされている。この分なら、体にも相当の傷を負っているのだろう。

おれんが悲しそうな目で、豊吉の顔を見つめている。

ただ、寝息は規則正しく、力強いものが感じられた。本当に命に別状はないのだろう。おれんのためにもよかった、と琢ノ介は思った。

「豊吉さん」

不意におれんが、昏睡している豊吉に呼びかけた。

ぴくりと豊吉の顎があがった。

「おっ、動いたぞ」

そばにいた実源が喜色を見せる。

「これはいい。どんな薬よりずっと効く」

「まことでございますか」

「ああ、まことよ」

実源が大きくうなずいた。

でしたら、とおれんがいった。目が輝いている。

「これから毎日、こちらに通わせていただきます」

あれ、と琢ノ介は思った。おれんは熱い瞳をしていた。恋をしているのではないかと思わせる。

そういうことなのか。

琢ノ介は合点がいったような気がした。

いくら直之進のことが心配だといっても、おきくがおれんの気持ちを無視して沼里に行きたいといいだしたことについて腑に落ちなかったのだが、これで納得がいった。

おきくは、おれんの気持ちが直之進からいつしか離れ、それが豊吉であるとは知らなかったにしろ、誰か別の男に傾きつつあるのを女特有の勘で覚っていたのではないか。だからこそ、沼里行きをいいだすことができたのだろう。

同じことを考えたのか、光右衛門が細い目でおれんを見やった。愛情あふれる眼差しだった。

第三章

一

苛《いら》つきを隠せない。

いったいどうなっているのだ。

滝上弘之助は正座している膝を、がしっとつかんだ。

どうしてこの俺を放っておける。堀田備中守さまの懐刀《ふところがたな》ぞ。

沼里に来て、はや二日になるというのに、弘之助は、いまだに健次郎房興に会えずにいる。

よくぞ、このような無礼な真似ができるものよ。恐ろしくはないのか。

きっと少しも怖いと思ってなど、いないのだろう。

いい度胸をしているのか、それとも田舎者特有の鈍《にぶ》さなのか。

おそらく後者なのだろう。はかりごとを持ちかけられたのは、自分たちのほうだという奢《おご》りがあるのだ。

多分、健次郎は病などではあるまい。ただ、この俺に会うのが面倒なだけに相違ない。

馬鹿な者どもだ。これで本当に沼里のあるじになれると思っているのか。

一度おさまりかけた苛立ちが、また舞い戻ってきた。

これ以上、待たせるのなら考え直すしかあるまい。このような勝手を許すわけにはいかぬ。これでは我が殿のいいなりにならぬにちがいなかろう。

健次郎も殺してしまうか。そのほうが後腐れがなくてよいかもしれぬ。

しかし勝手はできぬ。我が殿に計らねば。

それにしても遅い。今日もふた刻以上、待たされている。頭に血がのぼってきているのが、自分でもよくわかる。

ふと廊下を渡ってくる足音がきこえた。近づいてくる。弘之助のいる座敷の前でとまった。

「失礼いたす」

板戸が静かに横に滑る。潮の香りがする風が流れこんできた。

ようやくか。

弘之助は顔を向けた。

廊下にひざまずいているのは、健次郎つきの若い侍だ。弘之助を見て、あっ、と声をあげた。身を引きかけ、かろうじてとどまった。

「どうした」

弘之助は声をかけた。

「い、いえ。なんでもありませぬ」

家臣は下を向き、額に浮いた汗を手のひらでぬぐう仕草をした。

きっと俺の顔が一変していたことに、驚いたのであろう。まったくの別人になるらしいからな。

若侍が顔をあげた。弘之助に視線を当てて、わっ、と再び悲鳴のような声をだした。目を白黒させている。

これは、怒りのおさまりとともに弘之助の顔がもとに戻ったことに驚愕したのだろう。

弘之助自身、どうして顔がこうなるのか、さっぱりわからない。そうなると知ったのは、幼い頃だ。数人の友垣と遊んでいて、なにかの拍子にそのうちの一人と喧嘩になり、そのとき顔ががらりと変わった。

「どうしたというのだ」

弘之助は若侍の驚きあわてぶりがおもしろく、重ねてきいた。

「いえ、なにも」

若侍は、弘之助の変貌を恐れたのか、うつむき加減だ。顔面がひどく紅潮し、耳まで赤くなっていた。

「用向きはなにかな」

「さようにございました」

ようやく心が落ち着いたようで、若侍の顔からは赤みが取れつつあった。

「殿がお呼びにございます」

「お呼びだと。この俺に来いと申しているのか」

「さ、さようにございます」

ふむ、と弘之助は鼻から太い息を吐いた。これは、いい度胸をしている証なのかもしれない。

ならば、顔を拝んでやるとするか。

「よかろう」

刀を手にすっくと立ちあがり、弘之助は廊下に出た。潮の香りがさらに強くなった。風が涼しさを帯びており、脇の下がやや冷たく感じられた。

弘之助は、先導する若侍の背中を見つめながら、廊下を歩いた。弘之助にうしろにつかれたために気持ちが安らがないのか、背中に汗がにじんでいる。

それにしても隙だらけだ。

抜き打ちにして背中を二つに割るなど、造作もないことよ。

この前、殺した使番を思いだした。名はたしか、立花琴四郎といったか。

やつは、なかなかの遣い手だった。襲うときに、さすがに心の臓がどきどきしたのを覚えている。

だが、やはり俺の敵ではなかった。

弘之助は、琴四郎が抜き合わせるのを待って袈裟斬りを浴びせた。

やつは、おのれの刀でがっちりと受けとめたと思ったはずだ。だが、俺の刀はやつの刀をすり抜け、やつの体をものの見事に真っ二つにした。

なにが起きたのか、やつはさっぱりわからなかったにちがいない。そのまま地に崩れ落ち、自ら流した血の池にどっぷりと浸かりこんだ。

供の者は逃げようとしなかった。こちらは刀を横に払うだけで終わった。腹を切り裂かれ、苦しみ抜いて死んでいった。

弘之助は刀の柄を右手でつかんだ。

今度、こいつの餌食になるのは果たして誰なのかな。

湯瀬直之進や倉田佐之助の顔が脳裏に浮かんできた。その二人を押しのけるように別の顔が弘之助には見えている。

「こちらにござる」

よく手入れされた緑が鮮やかで、灯籠や高価そうな石が配されている広い庭が左手にある。鯉がはねる泉水も設けられていた。

案内されたのは、この庭に面している座敷だった。板戸はあけ放たれている。二十畳はあろうかという広い座敷だ。

だが、なかは無人だ。

どういうことだ、と考えるまでもなかった。五間ほど離れた灯籠の脇に、一人の若者が立っていた。

無遠慮な視線を浴びせてきている。一人で稽古をしていたのか、木刀を握っている。額に汗の粒が浮いていた。

体にはあまり筋肉はついておらず、やせている。顔は浅黒く、鼻筋が通り、細い目が意外に澄んで、精悍に見える。顎が小さくほっそりとし、そのあたりに線の細さが感じられた。

「健次郎どのか」

弘之助は若者に向けて声を放った。

「さよう」

人物の軽さを覚えさせる、やや甲高い声をしている。

「そちらに行ったほうがよいのかな」

「できれば」

弘之助はうなずくや、廊下を蹴った。体が宙に浮く。

ほんの三歩ほどで五間の距離を移動してみせた。

健次郎が目をみはっている。口が呆《ほう》けたようにあいている。よく磨いているのがわかる白い歯が見えた。

「驚かせたかな」

健次郎があわてて表情を平静なものに戻す。

「とんでもない」

弘之助は、健次郎が握っている木刀に目を向けた。

「好きなのかな」

「うむ」

「自信は」

「そこそこある」

健次郎がじっと見てきた。

「立花琴四郎を討ったそうだな」

「ああ」

「袈裟斬りに斬って捨てたそうだが、まちがいないか」

「むろん」

弘之助は健次郎を見返した。健次郎は視線をそらそうとしない。なかなか気の強そうな顔つきだ。

ふむ、たわけ者ではなさそうだな。これならば、沼里をまかせてもおかしな真似はせぬかもしれぬ。

沼里の実権を一手に握った中老宮田彦兵衛の孫だけのことはある、といっていいのか。

健次郎の顔を見に来たのは、どういう人物か見定めるためだ。生かしておいて損か得か。堀田備中守は、弘之助の人を見る目に、全幅の信頼を置いてくれている。

「風邪はもういいのかな」

「もともとたいしたことはなかった。まわりの者たちに、大事を取るようにいわれただけだ」

「大事にしてくれる家臣は大切ぞ」

「わかっている」

健次郎が力強く答える。

今、沼里家中のかなりの者が、目の前の健次郎房興を擁立しようとしている。反又太郎派といっていい。表立った動きはしていないが、ひそかに連携を取っている。

「あと四日後だな」

弘之助は健次郎にいった。

「うむ」

故誠興の法要のことだ。

「まかせていいのか」

健次郎が確認を求めてきた。

「又太郎どののことか」

健次郎が無言でうなずく。

「まかせてもらってけっこうだ。だが、又太郎どの亡きあと、もしおぬしが我が殿に逆らうような真似をすれば、又太郎どのの二の舞になることを決して忘れぬようにな」

釘を刺すのを忘れない。

一瞬、健次郎はいやそうな顔をした。だがすぐに、わかっている、と告げた。

「この俺が沼里のあるじになるのに、堀田さまの後ろ盾なしには到底無理であるのは、重々承知しておる」

「それならばよい」

健次郎が目をあげ、弘之助を見た。右手の木刀を軽く振る。

「立ち合ってくれぬか」

「ほう」

子猫が鎧に爪を立てるようなものであるのは、はっきりしていた。

「健次郎どの、おぬし、相当腕に自信があるのだな」

健次郎は黙っているが、顔には、その通りだと記されている。

「鼻っ柱を叩き折られてもいいというのなら、かまわぬ」

「では、叩き折ってもらおう」

先ほどの若侍が健次郎の命に応じて、二本の竹刀《しない》を持ってきた。健次郎が木刀を返し、竹刀を受け取る。

若侍が弘之助にも竹刀を手渡そうとした。

「いらぬ」

弘之助はやんわりと拒絶した。

健次郎の顔色が変わる。

「必要ないと申すのか」

「うむ。それと、健次郎どの、竹刀ではつまらぬ。木刀を持たれよ」

「本気か」

「うむ。どのみち、おぬしの木刀はかすりもせぬ」

健次郎の目にきらりと光が走る。

「だが、もし当たったら、おぬし、無事ではすまぬぞ」

「大丈夫だ。当たらぬ」

「そうか」

冷静にいったが、健次郎の眉はあがり、頰がぴくぴくと引きつっている。

「もしかすりでもしたら、俺はここで腹をかっさばいてみせよう」

「二言はないのだな」

「ああ。それと、手加減する必要はまったくないぞ」

「承知した」

健次郎がいきり立つように口にした。

池の前で二人は向き合った。健次郎が木刀を正眼に構える。

静かに風が流れてゆく。池の水面がさざ波立つ。鯉がはねた。

それを合図にしたかのように、健次郎が土を蹴り、突っこんできた。木刀を上段にあげている。

間合いに入るや、一気に振りおろしてきた。振りにまったく遠慮がない。弘之助をあの世に送りこむことをためらっていないのが、はっきりと伝わってきた。

うむ、それでこそ一城のあるじよ。

大名たる者、政《まつりごと》に非情さを必ずもとめられる。その点では、健次郎は大名にふさわしい資質を備えている。

弘之助は横に一寸ばかり動いた。それだけで健次郎の木刀は空を切った。あれ、という顔を健次郎がして、木刀を引き戻す。まごうことなく弘之助の顔面を割ったはずだったのに、といいたげだ。

相手からは、ほとんど動いていないように見えているはずだ。弘之助は最低限、動くだけで相手の攻撃をかわすすべを身につけている。

健次郎が木刀を横に払う。これもわずかに体をひらいただけでよけた。手応えがないことに、健次郎が不思議そうな表情を浮かべる。木刀は確かに腹に食いこんだはずなのに。

袈裟斬りを連続して見舞ってきたあと、今度は突きを繰りだしてきた。なかなかの鋭さを秘めており、ふつうの者ならば避けがたいかもしれないが、弘之助は小さく首を振っただけだ。

すぐ横を木刀が通りすぎてゆく。健次郎には、木刀が弘之助の首を貫通したように見えたのではないか。

その証拠に、健次郎はやったという顔になった。だがその顔はすぐに、おや、というものに変わった。

このくらいでよかろう。

胸中でつぶやき、弘之助はすっと前に出た。健次郎があきらめることなく、木刀を打ちおろしてくる。

弘之助は健次郎の腕を取り、軽くひねった。あっ、と健次郎が声を漏らしたときには木刀は弘之助の手中にあった。

それをすっとあげ、健次郎の喉元に剣尖《けんせん》を突きつける。健次郎が背伸びをして、動きをとめた。

「どうかな」

健次郎は無言でいる。

弘之助は木刀を健次郎に返し、くるりと体をひるがえした。

ええいっ。健次郎が背後から打ちこんできた。

弘之助はそれを予期していた。予期していなかったとしても、かわすのは造作もなかった。

再び木刀を奪った。今度は足を払った。無様《ぶざま》に健次郎が地面に両手をつく。

「今度はどうかな」

弘之助は、健次郎の首筋に木刀を添えた。

「まいった」

視線を土に這わせたまま、健次郎が力なくつぶやいた。

弘之助は木刀を引いた。健次郎ががくりと両肩を落とす。

「殿っ」

悲痛な声をあげて、若侍が駆け寄る。健次郎を抱き起こした。

力の差をまざまざと見せつけられて、健次郎はまだ立ちあがれずにいる。

これだけやれば、と健次郎を見つめて弘之助は思った。

我が殿に逆らう気など決して起こすまい。起こせるはずもあるまい。

二

智造はさすがの手練《てだれ》だった。見事としかいいようがない。

昨日は、夜のとばりが完全におりきるのを待ってから村を出て、松明《たいまつ》一つ持つことなく、箱根の山中をひそかに動きだした。

夜目《よめ》の利く佐之助でさえ一寸先も見えない闇のなか、箱根の道すべてをそらんじていると豪語してみせた智造はすべての関所を巧みにかわし、鮮やかにくぐり抜けてみせた。

佐之助は、智造のあとをただついてゆくだけだった。

智造の、箱根のことなら知らないことは一つもない、といった言葉は、大袈裟でも大風呂敷でもなんでもなかった。

どの谷にどんな石や岩が転がっているか、どの獣道にどんな下草が密生し、勾配はどのくらいか、どの森にどんな木々が生え、どんな獣が棲んでいるのか。

あらゆることが完璧に頭に入っているのが、身のこなしを見ていてわかった。

智造がいなかったら、佐之助は鳴子に足を引っかけていたかもしれなかった。

そんなへまを犯したとしても、捕り手につかまる気はまったくしなかったが、もしかしたら、谷に転げ落ちるような失態は犯したかもしれなかった。

夜明け前には、三島宿を望める場所まで来ることができた。

今、佐之助は東海道上で、眼下の光景を眺めている。なだらかなくだりが西に向かって続き、森や林のあいだを東海道が縫っている。

「ここでおわかれだ」

智造が晴れ晴れとした顔でいった。一仕事を終え、充足した思いが表情にあらわれている。

「助かった」

　佐之助は心から礼をいった。

「なんの」

　智造が照れたように笑う。

「仕事だからな。礼をいわれるほどのことはねえ。礼をいいたいのはこちらのほうだ」

「見事な仕事ぶりというのは、気持ちがいいものさ」

　佐之助は五両が入った紙包みを渡そうとした。

「いらねえ。もう十分にもらっている」

「夜食の礼だ。取っておけ。邪魔になるものではなかろう」

「いらねえって。夜食は二十五両のうちだからな」

　智造は頑として受け取らなかった。

「そうか、仕方あるまい」

　佐之助は紙包みを引っこめた。

「それでいいのさ」

　智造が肩を叩いてきた。

「沼里でおまえさんがなにをする気か知らねえが、がんばってくれ」

「ありがとう」

「じゃあ、わしは行くぞ」

「助かった」

「その言葉は、さっききいたぞ」

「そうだったな」

「また箱根を抜ける必要があれば、必ず呼んでくれ。力になる」

「ああ、まちがいなくおぬしに頼むことになろう」

ほかの者は考えられない。

じゃあな、といって智造がきびすを返す。

佐之助はすばやく智造の背後に近づいた。智造が、なんだ、といって振り向いたときには、すばやく離れていた。

首をひねった智造が東海道をはずれ、すぐそばの森につながる道を歩きだした。森は、先ほど佐之助たちが出てきたところだ。

智造が森に入る寸前、振り返り、佐之助を見た。手を振ってきた。

佐之助は手をあげて応えた。智造が森に消えた。

佐之助はそれを見てから、東海道を歩きはじめた。

くだっているから、足はずんずんと進む。

智造はもう気づいただろうか。

佐之助は徐々に明るくなってゆくまわりの風景を見やりながら、思った。きびすを返した智造の背後に近づいたのは、五両入りの紙包みを帯に差しこむためだ。

気づかなくてもかまわぬ。村に戻ればいやでもわかるだろう。

智造のようにとことん仕事に徹した男は大好きだ。俺も見習わなければ、と思う。

ただ、殺し屋をやめた今、なにをすべきなのか、佐之助のなかで見つかっていない。

なにが性に合っているだろうか。やり甲斐のある仕事がしたい。

そんなことを考えながら、佐之助はひたすら足を運んだ。

三島宿に着いたときには、完全に夜は明けていた。朝靄のなか、東海道は多くの旅人が行きかっている。

三島の旅籠からは、まだまだ旅人が吐きだされてくる。この刻限では遅出といっていいが、きっと余裕を持って旅を楽しむ者たちだろう。

立ち食いの団子や蕎麦切り、うどんなどで腹ごしらえをしている者の姿も目立つ。つゆやだしのいいにおいが充満している。

左手に、靄に包まれて大きな鳥居が見えてきた。伊豆一宮である三嶋大社の鳥居だ。源頼朝の信仰が厚かったことで、よく知られている。

参拝してゆくか、と思ったが、沼里に一刻もはやく着きたいとの思いがまさり、鳥居の前で一礼しただけで、佐之助は足早に通りすぎた。

それからほんの一里ちょっとで、沼里の宿場に入った。

久しぶりだな、と宿場内を見まわして佐之助は思った。およそ一年半ぶりの沼里ということになる。

腹が空《す》いたな。

昨日の夜、智造が渡してきた握り飯を三つ食べた。だからそんなに空腹であるはずがない気がするが、やはり夜中からずっと動きまわっていたことがきいているのだろう。

どこがいいか。

佐之助は考えたが、すでに気持ちはかたまっていた。千勢がおいしいから是非行ってみてください、と勧めた店だ。

沼里の絵図を頭に広げる。

目の前を狩場川が流れている。幅は一町ばかりか。たっぷりとした水量で、ゆったりと流れている。

正面には、三層の天守を持つ沼里城が見えている。白壁が日の光をはね返して、きらびやかに輝いていた。もっとも、あれは天守ではないようだ。櫓《やぐら》を天守の代用にしているという話を耳にしたことがある。

目指す店は、市場町にある。狩場川の対岸にある町だ。ここからなら渡し船をつかったほうがはやそうだ。

狩場川が城にぶつかる形で左に曲がっているのが見えている。東海道も狩場川に沿って、左に折れている。

狩場川はそのまま南に向かい、半里ほど流れてから駿河の海に注ぎこむ。東海道は左に折れてからほんの一町ほどで狩場川にわかれを告げ、右に曲がる。

その手前に、わかれ道のように細い道が、狩場川のほうへとつながっていた。その先には階段が設けられ、その下の河岸から渡し船が出ている。

佐之助は荷物を担ぎ直し、船着場へと向かった。

舟は四半刻ごとに出るとのことだが、客が一杯になると、刻限を待たずにだすということだった。代は四文。

四半刻の半分も待たなかった。舟は十人も乗れば一杯だ。船頭のかけ声とともに舟は竹竿で突き動かされ、ゆっくりのんびりと狩場川を横切りはじめた。秋を感じさせるような透き通る川風が涼しく、気持ちいい。

船頭が竹竿を船底に置き、櫓《ろ》に持ち替えた。櫓のきしむ音とともに船が進み、新たな風が発せられる。

舳先《へさき》がほとんど流れを感じさせない水をゆっくりと切り、さざ波をつくってゆく。櫓から水滴がしたたり落ち、すっと流れに吸いこまれる。

途中、向こう岸からやってきた舟とすれちがう。こちらも客を満載していた。ほとんどが沼里近辺の住人のように見えた。屈託のない笑みを浮かべて、船頭同士が明るい声音で話をかわした。

対岸に着いた。船着場から土手がつくられており、その向こう側は、こぢんまりとした神社になっていた。

神社の境内を抜け、鳥居をくぐると、道に出た。左へ行くと、伊豆国につながる街道に出るはずだ。

佐之助は道を右に取った。

店は、朝からやっているとのことだ。その証に、鰻の焼ける香ばしいにおいとたれの香りが漂い、鼻先をくすぐってゆく。

唾がわいてきた。

これはたまらぬな。

店はすでに見えている。盛大に煙が外に出ているから、あれなら教えられずともすぐに見つけられる。

店は道の角に建っていた。風にゆったりと揺れる暖簾が、霧のなかのようにかすんで見えていた。

暖簾には、冨久家《ふくや》とあった。

ここだ、まちがいない。

ごめん、といって暖簾をあげ、戸をあけた。

店は、小上がりが四ヶ所に四畳半ほどの座敷が一つあるだけだ。

「いらっしゃいませ」

頭に鉢巻をした店主らしい男が厨房から顔をのぞかせ、元気な声で出迎えてくれた。女房らしい、目がくりっとしてかわいい顔をした女がこちらにどうぞ、といって小上がりに導いた。

ほかに客はいない。鰻のにおいだけが店に充満している。

佐之助はいわれるままに草鞋を脱ぎ、道中差を抜いて畳に置いた。腰をおろし、壁に背中を預けた。

堀田備中守の手の者に狙われている身で、こんなにくつろいでもいいのかと思うが、この店はのびのびできる雰囲気に満たされている。

鰻丼を注文した。

焼きあがるのを待つのも、乙《おつ》なものだ。佐之助は目を閉じ、じっとしていた。

「お客さんは、旅のお方のようですけど、どちらからいらしたんですか」

女房が人なつこい口調で話しかけてきた。

「江戸だ」

「江戸ですか」

女房がにっこり笑う。幼子のような笑顔になった。

「私は一度も行ったことがないものですから、いつか行ってみたいと思っています」

「人ばかり多いだけで、あまりいいところとは思えん。こういう在所のほうがずっといい」

「さようですか」

「しかし、話の種に一度くらい行くのはいいかもしれん。名所といわれる場所もけっこうあるし」

「どこがよろしいですか」

「そうだな、やはり寺がいいかな。寛永寺や護国寺、泉岳寺、浅草寺など大きな寺がいくつもある。あれだけ大きな寺はさすがに在所では見られんだろう」

「お寺さんですか。私はお寺参りが好きなので、お客さんのおっしゃる通り、江戸に行ったら、お寺さんをめぐろうと思います」

「うむ、おすすめだ」

「お客さんはなにをしに沼里にいらしたのですか。それとも、まだ旅の途中ですか」

「いや、この町に来たんだ。鰻と魚が特にうまいときいてな」

　女房がまん丸い目をさらに丸くする。

「それは豪気ですね」

　店主が、お待たせいたしました、といって鰻丼を持ってきた。小さな盆ごと、ていねいに畳に置く。

「すいませんねえ、お客さん。うるさかったでしょう。こいつはとにかくおしゃべりが好きなんですよ」

「別にかまわんよ。楽しかった」

丼からは、いい香りがしている。佐之助は期待をこめて蓋を取った。ふわっと湯気があがる。ふんわりと焼かれた鰻と香ばしいたれのにおいが鼻孔に入りこんでくる。

鰻は切り身が三枚のっている。照りがよく、身はつやつやしている。店主にきくと、これで一匹半をつかっているのだそうだ。

すばらしいな。

笑みが出る。箸を取り、佐之助はさっそく食べはじめた。

こいつはうまい。千勢のいう通り、身がやわらかい。箸で切れるほどだ。かといって、歯応えがないわけではない。どんなやり方をすれば、こういう鰻に仕上がるのか。江戸にもこれだけの店はなかなかない。名店といっていい。江戸にこの店が出たら、行列ができるにちがいない。

代は百二十文だった。江戸では鰻丼がだいたい二百文はするから、かなり安い。高価は高価だが、これだけの鰻を食べさせてもらえるのなら、多くの人が足を運ぶにちがいなかった。実際に千勢は、昼はかなり混むといっていた。

「うまかった。ありがとう」

佐之助は心からいった。うまい物を供されたとき、人は礼を口にしたがるが、本当にその通りだった。

「ありがとうございます。またお越しください」

「ああ、また来る」

夫婦そろって、店の外に見送りに出てくれた。肩を寄せ合っている二人は、仲むつまじい、という言葉がぴったりだ。

ああいうのはいいな。もし所帯を持つなら、あんな感じになりたいものだ。ふつうの幸せを求めはじめている自分に、佐之助は驚きを覚えた。戸惑いを心にしまいつつ、道を歩きはじめた。

また船着場に戻った。舟に乗りこみ、向こう岸に向かう。

沼里と江戸は、海に近いという共通のものがあるが、風がまったくちがうのだな、と佐之助は思った。潮の香りでいえば江戸のほうが濃いかもしれないが、沼里のほうが海自体の存在を強く感じるというか、風に重みと迫力があり、押し寄せる波を想起させるものがある。

佐之助は狩場川の流れを眺めながら、再び沼里の絵図を頭に呼び起こした。

よし、行くか。

船着場からいったん東海道に出る。沼里城を右手に見て、足早に歩いた。刻限は四つすぎといったところで、東海道には多くの旅人の姿がある。

道の両側は店と宿がずらりと並んでいる。魚や貝、烏賊などを醬油で焼いている、香ばしいにおいがする。うまい鰻を胃の腑におさめたばかりなのに、また食べたいという気になってきている。

空に雲はない。はるか南に入道雲がわきあがっている。中天に駆けあがろうとしている太陽はその勢いそのままに、熱を発し続けている。暑いことは暑いが、旅人の誰もが沼里のさわやかな風に後押しされるように、元気よく足を運んでいた。

ほんの一町も行かないところで、佐之助は東海道を離れて右に曲がった。

道は少しせまくなり、行きかう人の数もぐっと減った。

やがて町家が少なくなり、侍屋敷が増えてきた。

どこかなつかしい。これは一年半ぶりに沼里に来たということではなく、武家地自体に心惹かれているのだ。

町はちがえど、佐之助が生まれ育った武家地の雰囲気とほとんど変わらず、そのことで昔に返ったような気分にさせられているにちがいない。

このあたりは西条町というはずだ。沼里家中の者がかたまって住んでいる。佐之助はさらに足を進めた。大きな屋敷は目立ってなくなり、せまい屋敷がかなり目につくようになってきた。

このあたりのはずだが。

佐之助は見まわした。城から近いところに重臣や大身の家臣の屋敷があり、城から離れるにしたがって微禄、小禄の屋敷になってゆく。

湯瀬家は三十石ということだから、まず小禄の部類に入るにちがいない。

人にきいて、佐之助は湯瀬家の屋敷の前に立った。

ここで湯瀬は生まれ育ったのか。そして千勢は湯瀬の妻として、この屋敷で一年ばかり暮らした。

今、その屋敷の前に立っているのが不思議な気分だった。

思ったほどせまくはないが、さして広くもない。三十石ならこのくらいだろうと思わせる広さだ。

門は閉じられている。小さい門だが、くぐり戸が設けられていた。軽く押してみたが、わずかに動いただけで、ひらかなかった。閂《かんぬき》がかかっていた。

佐之助は湯瀬に一日遅れの行程だった。湯瀬は昨日、沼里に着いたはずだ。

やつは今、この屋敷にいるのだろうか。それとも出ているか。

千勢によれば、湯瀬家には欽吉《きんきち》という下男が一人いるきりとのことだ。門に閂がかかっているということは、なかに人がいることを意味している。もし湯瀬が他出しているのならば、たった一人の下男は供についていなければおかしいのではないか。

佐之助は訪いを入れた。すぐに応えがあり、くぐり戸がひらいた。

顔をのぞかせたのは、下男とおぼしき男だった。

「欽吉か」

いきなり呼ばれ、目を見ひらいた。

「さようでございます。あの、ご無礼を申しあげますが、前にお会いしたことがありますでしょうか」

「初めて会う」

欽吉は、やはり、という顔になった。

「どうしておぬしの名を知っているかというと、ある知人にきいたからだ」

「知人」

「俺は倉田という。湯瀬はいるか」

「いえ、おりませぬ。江戸からの早飛脚では昨日、着くということだったのですが」

「そうか、心配だな」

湯瀬の身に、やはりなにかあったとしか思えない。

「はい、気が気でなりません」

くぐり戸があっという間にひらいたのは、欽吉があるじの帰りを待ちわびていたからだろう。

「あの、倉田さまとおっしゃいましたが、殿とはどのようなお知り合いにございましょうか」

「腐れ縁だ」

佐之助は欽吉をじっと見た。欽吉が体をかたくする。

「やつは死んではおらぬ」

力強くいった。

「案ずるな。いずれ姿を見せよう」

「さようにございますか」

佐之助の言葉を完全に信じている顔ではないが、わずかながらも力づけられたのは紛れもないようだ。

なにしろ、と佐之助は心のうちで続けた。

やつを殺す者がいるとすれば、それはこの俺だからだ。

湯瀬屋敷をあとにした佐之助は、千勢の実家に向かった。すぐにわかった。湯瀬屋敷とは、さほど離れていなかった。

ここが千勢の生まれた場所か。

佐之助は門を見つめた。感慨深いものがある。千勢の故郷にまた行きたいと思ったことはあったものの、まさか再び沼里に来て、この場に立つ日がくるとは、夢にも思っていなかった。

見た感じでは、湯瀬屋敷より若干、広いようだ。禄も、わずかながら多いのではなかろうか。

門構えは、湯瀬屋敷とよく似ていた。くぐり戸がしつらえてある。

佐之助は軽く叩いた。やや間があいたのち、男の声で、どちらさまで、と門の向こう側からきいてきた。

佐之助は本名を名乗った。

くぐり戸があき、月代をきれいに剃った男が顔を見せた。これも下男のようだ。千勢から名はきいていない。警戒の色を面にあらわしている。

佐之助は用件を告げた。

「預かりものにございますか。どちらさまからの預かりものにございますか」

「千勢どのだ」

「えっ」

下男が目をみはる。

「千勢どのから母御宛の文を預かっている」

「文をいただいてよろしいですか」

「じかに渡すようにいわれている」

「さようにございますか。しばらくお待ちいただけますか。今きいてまいりますので」

下男がくぐり戸を閉じ、去っていった。

すぐに駆け戻ってきた。佐之助は導き入れられた。

母屋にあがり、座敷に通された。陽射しに満ちた庭に面している。かすかに肥のにおいがしているのは、きっと作物を植えているからだろう。小禄の侍の屋敷ではよくあることだ。

冷たい水が供された。千勢がいっていた富士のわき水だろう。うまい。ここまで暑いなか歩いてきて、渇いていた喉には格別だった。まろやかだが、みずみずしさもあって、喉越しが実によかった。

足音がし、それが襖の前でとまった。

「失礼いたします」

佐之助は一瞬かたまった。千勢の声だったからだ。

襖があいた。顔を見せたのは、髪に白いものがわずかにまじっている女だった。目尻のしわがかなり目立つ。

似ている。

佐之助は女を見て、思った。顔ばかりでなく、芯が強そうなところと、一途そうなところがそっくりだ。千勢の母親と見てまちがいなかった。

衣擦れの音をさせて、女が佐之助の前に正座した。顔が紅潮し、うっすらと汗をかいていた。沼里を出奔した娘の文を預かっているという男が不意にやってきたのだ、無理もなかった。

「千勢の母にございます。紀美乃《きみの》と申します」

佐之助はあらためて名乗った。懐から文を取りだし、紀美乃に手渡した。

紀美乃が押しいただくようにする。文をあけるかと思ったが、手にしたまま佐之助を見つめてきた。

「倉田さま、娘とはどのようなご関係にございますか」

紀美乃は、千勢が沼里を出た理由をいまだに知らないのだろう。もしかすると、佐之助がそそのかしたとでも考えているのかもしれなかった。

こうきかれるのは、はなからわかっていた。どう答えるか、佐之助は事前に考えてあった。江戸を発つ前に千勢にも話している。

「近所付き合いをしている者です」

果たして紀美乃が信じたかどうか。

「千勢はどこに住んでいるのですか」

「文に書いてあるのではありませぬか」

紀美乃が文に目を落とす。今度こそひらくかと思ったが、またも顔をあげて佐之助に視線を当てた。

「娘は今、なにをしているのですか」

「働いています」

「なにをしているのです」

佐之助は伝えた。

「お寺で働いているのですか。元気なのですね」

「ええ、とても」

紀美乃はほっとしたようだ。胸をそっと押さえた。

娘を案じる母親の顔になっている。いくら歳を取っても親が子を想う気持ちは赤子の頃と変わらないというが、それもうなずける表情だ。

千勢のことが佐之助の頭をよぎる。お咲希のことを考えているとき、今の紀美乃のような顔をしていた。

お咲希は千勢の本当の娘といっていいのだろう。

会いたい。そんな気持ちが急にわきあがってきた。

二人は今、どうしているのか。なにをしているのだろう。

三

まぶしいねえ。

富士太郎は顔をしかめた。

いつまでもお日さまにこんなに元気でいられちゃあ、本当に困るよ。日焼けがひどくなっちまうじゃないか。

いつもの年ならとうに秋らしさを随所に感じる頃なのに、今年は残暑が厳しく、いまだに真夏のような暑さが続いている。夜はひどく蒸し暑く、寝苦しいことこの上ない。富士太郎はさすがにくたびれ果てている。

もっとも、疲れの理由はほかにある。

富士太郎と珠吉は今、おれんが豊吉に会ったという料亭の花須味の裏路地に、またも足を運んだところだ。

この裏路地はちょっとした通りになっているが、行きかう人はあまり多くはない。朝の五つすぎで、すでにだいぶ高い位置にあがってきた太陽が、塀の向こう側に立つ樹木越しに見えている。

太陽の勢いは樹木程度にさえぎられるものではなく、はね返るような陽射しがこの裏路地には一杯にあふれている。だが、どこか空虚な雰囲気が色濃く漂っているのも、また事実だ。

こんなに明るいのに、どうしてうつろさが感じられるのかねえ。

富士太郎は腕組みをして、裏路地を見渡した。

やっぱり人が半殺しにされたからかねえ。豊吉の強いうらみが念となって、うろついているのかねえ。

うしろにいた珠吉が富士太郎の顔をのぞきこんできた。

「旦那、なにをぶつぶついっているんですかい」

富士太郎はちょっと驚いた。

「声に出ていたかい」

「ええ、ほとんどふつうの声音といっていいくらいでしたよ」

「そうかい、そいつは気づかなかったねえ。珠吉、おいらはぼけてきているんじゃないかねえ」

「そんなことはありませんて。疲れているだけですよ」

「ああ、そうだねえ。なにしろ暑い日が続いているからねえ」

「そうじゃありませんよ」

珠吉が静かにかぶりを振る。目は笑っていた。

「今も湯瀬さまのために、お百度は続けているんですよね」

「当たり前だよ。直之進さんが無事に帰ってくるまで、続けるつもりだよ」

「お疲れさまですね。験《げん》があるといいですねえ」

「きっとあるよ」

「でも平川さまのおっしゃっていた通りになりませんかね」

珠吉がやや不安げにいう。

富士太郎は暗い顔つきになった。

「このまま沼里に戻ったきりになってしまわないかってことだね」

下を向いて考えこんだ。蟻が行列をつくっているのが目に飛びこんできた。虫の死骸らしいものを運んでいた。

すごいものだねえ、地面は相当熱くなっているだろうに。蟻ってのは、本当に働き者だねえ。見習わなくちゃ、いけないね。

「大丈夫だよ、珠吉」

富士太郎は顔をあげ、ことさら明るくいった。

「直之進さんがおいらたちを置いて、沼里に帰ったきりになるなんて、あり得ないよ。そんなに薄い結びつきじゃあ、ないだろう」

「さいですよねえ。湯瀬さまとは、いろいろありましたからね」

命を救われたこともある。直之進の働きで、牢獄から救いだされたこともあ

る。直之進とは前世からの因縁ではないか、と富士太郎は強く思っている。

「平川さんたちは、今頃どのあたりまで行ったかねえ」

「あまり進んでいないでしょうねえ。でも旦那、やっぱり見送りに行ってよかっ

たですよね」

「まったくだね。平川さんもおきくちゃんも喜んでくれたものね」

「一人だけ、ぶすっとしていましたね」

「しようがないだろうね、行きたいのをおいらたちが邪魔したようなものだから

ね」

「でも、豊吉さんの請人になってしまった責任がありますからね、米田屋さんも

仕方ないですよ」

そうだね、と富士太郎は思った。光右衛門が江戸に居残るのは、避けようがな

いことだろう。もしこれで光右衛門が琢ノ介たちと一緒に沼里に旅立ったとして

も、罰せられるようなことはないだろうが、町奉行所の心証は悪くなり、これから商売してゆく上で、うまくないかもしれない。

富士太郎が黙っていればばれないのではないか、という気もするが、こういうのは誰かが必ず見ているものだ。富士太郎は自分がどうなろうとかまわないが、樺山家に傷がつく。侍の端くれとして、それだけは避けたい。

ここは光右衛門に耐えてもらうしか道はなかった。

「よし、珠吉」

富士太郎は拳で手のひらを打った。ぱちんと自分でも驚くようないい音が響き渡った。

「直之進さんのことはとりあえず置いといて、仕事に戻るよ」

「合点でさ」

珠吉が元気よく答える。

「それでなにから調べますかい」

「ここにまたやってきたのはさ、このあたりのことを調べようと思っているからだよ」

「まず、おれんさんがこの裏路地で豊吉さんに会った。その上、この裏路地が惨劇の場にされた。二つが重なった以上、犯人たちはやはりこのあたりに土地鑑があるっていう読みですね」

「さすがだね、珠吉」

富士太郎は珠吉の肩を叩いた。骨張ってはいるが、まだまだ十分すぎるほどたくましい。

「よし、行くよ」

富士太郎は直之進のことを心の片隅に寄せて、界隈をまわりはじめた。会う人ごとに豊吉の人相書を見せてゆく。

しかし、なかなか豊吉を知っている者にぶつからない。豊吉自身、米田屋に飾り職人の市之助のところを紹介してもらう際、住みかはないとはっきりいっていたという。無宿人ということだが、光右衛門としては無宿人を少しでも減らすために豊吉の請人となり、市之助に紹介したということなのだろう。

「なかなか見つからないねえ」

「旦那、とにかくがんばりましょうや」

「そうだね。ここで弱音を吐いていても、はじまらないものね」

二人は再び徹底したききこみをはじめた。

富士太郎は一軒の商家に入り、豊吉の人相書を見せた。

「この男のことを知らないかい」

奉公人たちが集まり、じっくりと見てくれたが、誰もが申しわけないとばかりに首を振った。

ここも空振りかい。

富士太郎は珠吉をうながして路上に出た。頭上に覆いかぶさるように光り輝いている太陽が見えた。

もううんざりするねえ。いや、そんなことを思っちゃいけないよ。お天道さまを迷惑がるようなことばかり思っているから、うまくいかないんじゃないのかね。

富士太郎は太陽を見あげ、もっとがんばりますから見てておくんなさい、と胸のうちでつぶやいた。

商家を出て、再びききこみをはじめた。

だが、うまくいかない。長い昼間にもようやく夕暮れの気配が漂いだしたとき、近くから怒号がきこえてきた。

「なんだい」

富士太郎はそちらに顔を向けた。珠吉も厳しい視線を投げている。

小間物屋と古着屋にはさまれたせまい道で、二人の男が喧嘩をしているのが人垣の向こうに見えた。

ちがう、喧嘩ではない。一人の男がもう一人の襟首を締めつけて、何発も拳を見舞っている。

富士太郎は珠吉とともに駆けつけた。大勢の野次馬がいるが、誰もとめようとしない。眉をひそめている者や、はらはらしている者ばかりだが、やはり誰もが怖いのだ。

「やめなよ」

人垣を割って前に進んだ富士太郎は、殴りつけている男の腕をがしっとつかんだ。男の腕がぴたりととまる。力にはそこそこ自信がある。

「邪魔するねえ」

男が振り向き、吼えた。富士太郎が町方と知って、あっ、と声をあげる。男はすさんだ顔つきをしていた。こんなに明るい太陽の下に出てきたのは久しぶりという感じだ。

「やくざ者だね」

富士太郎はにらみつけた。珠吉も目を怒らせている。

殴られていた男は、竹製のざるなどを売っている行商人らしかった。売り物が無残に路上に散乱している。

「いったいなにがあったんだい」

富士太郎は行商人にただした。

「おまえにはきいちゃいないよ」

やくざ者がなにかいいそうになったので、すばやく釘を刺した。やくざ者が不満そうに唇をひん曲げる。

「どうしたんだい」

富士太郎はあらためて行商人にきいた。

「それが」

やくざ者が鬼のような形相をつくって、行商人をにらみつける。

富士太郎がいう前に、阿吽《あうん》の呼吸で珠吉が、来な、といってやくざ者を有無をいわさず連れてゆく。三間ばかり離れた場所で、逃げられないようにやくざ者の腕をがっちりと握っている。

「邪魔なのは消えたからね、安心して話しなね」

ありがとうございます、と行商人がほっとしたように頭を下げる。

「手前がこの路地から出てまいりましたら、いきなり体当たりするようにぶつかってきたんでございます。それなのに、てめえ、なにしやがるってすごんで、いきなり殴りはじめたんでございます」

「そういうことかい」

富士太郎は珠吉を呼び寄せた。富士太郎が行商人に話をきいている最中、逃げようとしたのか、やくざ者は腕をうしろにねじ曲げられている。今にも声をだしそうな顔で必死に痛みをこらえていた。

「どうしていきなりぶつかって殴りつけたんだい」

富士太郎はやくざ者にたずねた。珠吉が腕の力をゆるめる。

「そっちからぶつかってきたんでさあ」

「嘘をいうんじゃないよ」

「嘘じゃありませんて」

「嘘に決まっているけど、もしぶつかられたとしても、いきなり殴りつけていいなんてことはないんだからね。おまえ、番所に来てもらうよ」

「そんな。どうしてぶつかって殴りつけたのか、いえば放してもらえるんですかい」

「駄目だよ」

　富士太郎は珠吉を見た。

「この男を、この町の自身番に連れていこうか」

「はい、そうしやしょう」

　自身番から町奉行所に引っ立ててもらうことになる。

「旦那、ご勘弁を」

　やくざ者が低頭し、行商人を横目でちらりと見た。

「こいつを殴りつけたのは、憂さ晴らしなんです」

「いやなことでもあったのかい。でも、それで人を殴るなんてことをしちゃあ、いけないよ」

「はあ、すみません」

　富士太郎は行商人に目を向けた。

「おまえさんはもう行っていいよ。怪我はしているかい」

「はあ、少し」

「医者に診てもらうんだよ」

「はい、承知いたしました」

しかし竹細工を売り歩いている者の実入りで、医者にかかれるはずがない。富士太郎は袂《たもと》から、話をきかせてもらった者にやるおひねりを取りだし、手渡そうとした。

「いえ、そんな、受け取れません」

「いいんだよ、取っておきなよ」

富士太郎は握らせた。

「ありがとうございます」

何度も辞儀をして、行商人が去ってゆく。人波にもまれ、やがて見えなくなった。

富士太郎はやくざ者に向き直った。

「さて、どんないやなことがあったんだい」

やくざ者がいいよどむ。

「はやくいわねえか」

うしろから、珠吉がすごむ。

「ちょっといいにくいんですけど」

富士太郎はぴんときた。

「手慰《てなぐさ》みだね。こっぴどく負けたのかい」

「はあ、かなり」

「丁半博打だね。このあたりに賭場があるのかい」

富士太郎は珠吉を見た。珠吉がそれとわかる程度に首を振る。この付近にはないはずです、といっている。

富士太郎はそのことをやくざ者に告げた。

「実は新しくできたんです」

「どこにだい」

「あの、あっしの口からは、なかなかいえません」

「調べりゃあ、すぐにわかるんだよ。でもおまえがしゃべりゃあ、余計な手間を省ける。よし、ここで素直に教えれば、解き放ってもいいよ」

富士太郎はやくざ者の耳に、ささやきかけた。

「わかりやした」

やくざ者が路地に入ろうとする。定廻り同心にしゃべるところを、できるだけ人に見られたくないようだ。

富士太郎たちは路地の奥に入った。野次馬はだいぶ散りつつある。富士太郎たちに好奇の目を向けてくる者は、一人もいなくなった。

「これでいいだろ」

「へい」

やくざ者が賭場のことについて話す。

賭場があるのは小日向水道町の花須味近くの寺だった。由宣寺《ゆうせんじ》という名の小寺だという。

「寺か」

町奉行所の支配ではない。これは寺社奉行に伝え、取り締まってもらわねばならない。必要とあれば、富士太郎たちも捕物に力を貸すことになる。

「珠吉、花須味のそばというのは、ちと気になるね」

「まったくで」

富士太郎は、深くうなずく珠吉を見つめ、懐から豊吉の人相書を取りだした。

「この男を知らないかい」

やくざ者が人相書にちらりと目をやる。もっとよく見な、と富士太郎がいおうとしたとき、やくざ者が顎をしゃくるように上下させた。

「知ってますよ」

　軽くいった。

「本当かい」

「ええ、豊吉ですよね」

　まさかこのやくざ者が、豊吉のことを知っているとは思わなかった。

「豊吉のことを詳しく知っているのかい」

　勢いこむこともなく、富士太郎はさらりときいた。

「いえ、そんなに親しいわけじゃないんですけど、顔見知りではありますよ」

「どこに住んでいるんだい」

「豊吉がどうかしたんですかい」

「きいているのは、おいらのほうだよ」

　瞬きのない目でいった。やくざ者が瞳にかすかなおびえの色を見せた。これには富士太郎は驚いた。やはり珠吉の真似をするのは、かなりの威力がある。

「失礼いたしやした」

　やくざ者の口調も変わった感じがする。

「豊吉から、住みかをきいたことはありません。多分、いつもつるんでいる者の家に居候をしていたんじゃないかと思うんですけど」

「そんなに親しい者がいるのかい」

「ええ、賭場に一緒にいつも来ていましたよ。豊吉を入れて、四人でした」

「四人かい」

半殺しにされる寸前、豊吉は三人の男に囲まれて歩かされていたという。どうやら犯罪に走りそうな者たちをとめようとして、豊吉は半殺しの目に遭わされたらしいのが、わかっている。

「ええ。そういえば、ここ三月《みつき》ばかり、一緒にいるところを見たことがないですね。豊吉はもともとまじめで、他の三人に引きずられているような感じでしたからねえ」

その残りの三人が、豊吉を半殺しの目に遭わせたのではないか。

富士太郎はそう踏んだ。たずねるまでもなく、珠吉も同じ考えであるのは、目の色から知れた。

「その三人の名を知っているか」

「ええ、知っていやすよ」

やくざ者が口にする。富士太郎はその名を頭に彫りこむようにした。

「住みかはどこだい」

「存じませんや」

「どのあたりでよく見かけるか、そいつはどうだい」

「それならば存じていやす」

やくざ者が伝えてきた。

四

わくわくしている。いや、うきうきしているといったほうが正しいのか。

その思いは隠しようがないようで、足取りにはっきりとあらわれている。

ふむ、女連れの旅がこんなに楽しいものとは思わなかったな。

琢ノ介は、ちらりとうしろを見やった。

おきくはちゃんとついてきている。琢ノ介がふつうに歩くと、おきくはどうしても遅れがちになる。だから常に背後を気にしつつ、琢ノ介は歩いている。

おきくは汗を一杯にかいている。それは琢ノ介も同じだが、おきくがこれだけ汗みずくになっているのを初めて見た。それにしても、とても色っぽい。どきりとするくらいだ。

行きかう旅人には女も少なくないが、おきくほど美しい者はいない。江戸に下ってゆく男の旅人たちも、おきくに気づくと、おっ、という声を発したり、目を大きくみはったりする。そういうことがしばしばだ。

次いで琢ノ介に視線をやり、どうしてこんな男と、という目になるのが気にくわないが、どうだ、うらやましいだろう、という誇らしげな気持ちにもなって、つい胸を張ってしまう。

しかしきついな。

久しぶりに長い時間を歩いているが、体が重く感じられて仕方ない。それだけなまっている証拠だ。

もう少し鍛えんと、直之進の役に立つなど、決してできぬぞ。

汗を手ぬぐいでふいて、琢ノ介は行く手に目を向けた。真夏のような暑さが続いているために、逃げ水がはっきりと見えている。陽炎もゆらゆらと立ちのぼっている。

手ぬぐいを腰につるす。汗をふき通しのために、すでに気持ち悪いほど湿ってしまっており、どこかで思い切り洗いたい。

それにしても、と琢ノ介は思った。こんなにきれいで色気のある女と一緒の旅籠に泊まることになるのだぞ。妙なことを考えるな、というほうが無理だろう。

光右衛門の顔が脳裏に浮かんできた。怒っている。

そんなに怒るな、思っただけではないか。

いいきかせるようにいったが、光右衛門の怒気はおさまらない。

思うだけでもいけないに決まっているじゃありませんか。そんな不埒《ふらち》な思いは、心から吐きだしてしまってください。

「わかったよ」

琢ノ介はつぶやいた。

「なにがわかったのでございますか」

うしろからおきくがきいてきた。

「きこえたか。いや、なに、次の保土ヶ谷宿が何番目の宿場か、ようやくわかったんだ」

「えっ、そんなことでございますか」

おきくはさすがに意外そうだ。

「品川、川崎、神奈川ときて、四つ目でございます」

「その通りだ。わしは神奈川が思いだせなかった」

これにもおきくは驚いている。それも無理はない。なにしろ先ほど通りすぎたばかりだからだ。

「どうも耄碌《もうろく》がはじまったようだな」

「まだそんなお歳ではないのに」

「そうでもないさ」

こんな会話でも、おきくとかわすのは楽しい。今夜、泊まる予定の保土ヶ谷宿が徐々に近づいてくる。

当然、相部屋ということになる。衝立など仕切りをすることになるのだろうが、それでもどきどきしてしまう。

もし手をだしたら、殺しますから。

出立前、怖い顔で光右衛門はそこまでいった。

まったく信用がないが、光右衛門の気持ちもわからないではない。男というのは常に不埒な思いを抱いているからだ。そのことは光右衛門自身、わかりすぎるほどわかっているのではないか。

正直なところ、琢ノ介にはおきくに手をだす気はないが、同じ部屋に若い男女が泊まる以上、なにがあっても不思議ではないと思っている。

琢ノ介はそんなに若くはないが、まだ枯れる歳にはほど遠い。なんといっても、おきくが惚れこんでいる直之進と同い年なのだから。

そう、わしはまだなんでもやれる歳なのだ。

もしおきくがその気になり、寝床に忍んできたらどうしよう、などと想像をふくらませることなど朝飯前だ。

そんなことなどあり得ないのはわかりきっているが、つい万が一を期待してしまう。男とは、そういう生き物なのだろう。

それに、琢ノ介は東海道を旅するのはこれが初めてだ。直之進のことがあるとはいえ、いろいろと楽しいことばかりを考えてしまうのは仕方ないことにちがいない。

夕方頃に、保土ヶ谷宿に着いた。すでに旅人でにぎわっている。

日本橋から八里九町。男としては宿を取るにははやすぎるが、女連れではこのくらいが適当だろう。

琢ノ介自身、体がなまっていることもあって、これ以上歩くのはつらく思えていたから、ちょうどよかった。

それに、江戸を出てから東海道で最初の難所といわれる権太坂《ごんたざか》が控えている。この宿場でゆっくりと休養を取り、明日に備えるのはとても大事なことだ。

さて、どの旅籠を選ぶか。

宿場内を突っ切る東海道を歩きつつ、琢ノ介は考えた。

「平川さま、あれはなんの建物でございましょう」

おきくが横に並び、指をさす。

宿場の突き当たりに、大きな瓦屋根の建物がある。暮れゆく夕日の向こうにくっきりと浮かぶように見えていた。

「寺かな」

琢ノ介は眺めつつ、いった。

「あの瓦屋根は、そんな感じに確かに見えますね。行ってみれば、わかりますね」

「うむ、そうだな」

「でも平川さま、ここもあそこで突き当たっているように見えますね」

これまでのどの宿場も、街道の出口と入口は曲尺《かねじゃく》のような形に曲がっていた。

これは軍勢が攻め寄せてきたときに、直進させないためときいている。

大きな瓦屋根の建物のすぐそばで、今宵の宿を選んだ。建物は本陣とのことだ。

おきくは平気な顔をしている。琢ノ介を信用しきっている表情だ。

信頼を裏切る真似はできんな。

琢ノ介は少し残念な気はしたが、もともとそういうことで一緒に来たのだから、と完全にあきらめた。

旅籠は混んでいたが、部屋はおきくと二人きりにしてもらった。これは、光右衛門からたっぷりもらってきた路銀が役に立った。

「手前もいると思って、けちらずに払ってください。そうすれば、道中、いやな目に遭うことも少なくなりましょう」

琢ノ介たちは風呂に入り、食事をとった。衝立を立ててもらい、はやめに就寝した。

琢ノ介は疲れているのに、なかなか寝つけなかった。

おきくもそうではないか、と思ったが、すやすやと穏やかな寝息がすぐにきこえてきた。

あれま。

おきくが自分のことなどなんとも思っていないのがはっきりと知れた。おきくはよほど直之進が好きなんだな。はなからわしなど相手にしていないということだ。

直之進がうらやましかった。

いや、わしにもそのうちいい娘がきっと見つかるさ。そうさ、そうに決まっている。

そんなことを思っていたら、琢ノ介は知らぬ間に眠りの海に引きこまれていた。

五

堀田備中守正朝の狙いは、いったいなんなのか。

つい最近、沼里家中の中老である山口掃部助と使番の立花琴四郎が殺されたのを、沼里のなかを嗅ぎまわっている最中に、倉田佐之助は知った。

中老のほうは首を切られ、胴体のみが路上に放置されていたという。その首はいまだに見つかっていない。

首はどうしたのか。

なんとなく想像はつく。

どうして湯瀬が、唐突に沼里行きを思い立ったのか。

あれは、誘われたからだろう。多分、やつは江戸で、中老の首を見せつけられたにちがいない。

それが又太郎の信頼が特に厚い重臣の首と知って、居ても立ってもいられなくなったのだ。

殺された二人とも、沼里のあるじである又太郎の寵臣だった。ことに、立花琴四郎は家中きっての遣い手だったらしい。それが一撃で斬殺されたようなのだ。

これは確実に、あの堀田備中守の手の者の仕業だろう。

琴四郎はきっと信頼されて又太郎のそばに警護役としてついたのではないか。一城のあるじの警護をつとめられる者として、腕を認められていたのだ。それがあっさりと殺された。

それだけの腕を持つ者を殺せるのは、あの顔の変わる男しかいなかろう。

つまり、堀田備中守の命でそんな真似をしたことになる。

どうして二人を殺したのか。又太郎が狙いということなのか。

又太郎から忠臣をはぎ取るためか。だが、沼里は七万五千石だ。又太郎を守ろうとする者はいくらでもいるだろう。人材に事欠いているとはとても思えない。又太郎だって、二人が殺された以上、次に自分が狙われると考えないはずがない。守りをさらにかためるはずだ。

仮に又太郎を殺すのが狙いだとして、次はどうするのか。

又太郎に嫡子はない。正室さえ迎えていないのだから当たり前だ。それを狙っての取り潰しか。

そうかもしれない。

沼里は、実質の石高が表高の倍はあるのではないか、といわれるほど富裕な土地だ。

湊もあり、諸国からさまざまな船が絶えず入ってくる。荷が動くということは、銭が動くということだ。商家が潤い、そこからたっぷりと御用金も取れる。

堀田備中守が狙っても、決しておかしくない土地だ。あるじを亡き者にし、そのあとに自分の意のままに動く者を入れる。

堀田備中守はそうやって豊かな土地を次々に我がものにし、そこからわきだす銭がやつの富の泉となっているのか。

となると、すでに又太郎の後釜は決まっているということか。でなければ、二人の忠臣を殺すなどということはまずするまい。堀田備中守の血縁か。それとも派閥の者が入るのか。

――もしかしたら。

佐之助の脳裏に一人の男の顔が浮かんだ。端正な顔をしていたが、目が脂ぎったような感じの男だった。

やつの孫はどうしたのか。

今も生きているはずだ。正確には、生かされたはずだ。

確か、名を竹寿丸といった。沼里の実権を一時握り、絶大な権勢を振るった中老の宮田彦兵衛の孫。

彦兵衛の娘が、沼里の前《さき》のあるじである誠興の側室で、竹寿丸はその女が生んだ子である。

彦兵衛は江戸上屋敷で暮らしていた又太郎を殺し、竹寿丸を沼里のあるじにつけることを夢見ていた。それがために、自分は藤村円四郎たちを殺すことになった。

彦兵衛は斬罪に処されたが、竹寿丸は生かされた。

今、どこにいるのか。

沼里領内だろうか。それとも、とうに沼里を離れたのか。

江戸ということは、考えられるか。江戸にいたからこそ、堀田備中守と知り合うことになったのか。

ちがうような気がする。

いくら誠興の子であるといっても、竹寿丸は又太郎の命を狙った男の孫だ。おそらく、どこかにお預けの身となっただろう。きっと沼里領内の寺あたりが妥当ではないか。

きっと今も幽閉されているにちがいない。勝手に沼里を離れるなど、許されないことだろう。

では、どこにいるのか。

調べることなど造作もないことだ。泊まっている旅籠の者にきいてみると、あっさりと判明した。

彦兵衛の処刑後、竹寿丸は参光寺《さんこうじ》という臨済宗の大寺に預けられ、今もそこにいるとのことだ。侍の身分を取りあげられ、僧侶として厳しい修行を続けているという。

参光寺に入れられる前、すでに元服し、健次郎房興と名乗っているというのもわかった。

僧侶にされたのか、と佐之助は思った。だが、還俗《げんぞく》することはたやすい。それで大名家を継いだ者など、枚挙にいとまがない。

旅籠での夕餉後、佐之助は城下に再び出た。参光寺に赴く。

寺の場所は、旅籠の者にきかずともわかっている。沼里のことをあらためて調べた際、絵図に大きく載っていたからだ。絵図では、城下の南側に位置していた。

道をくだるにつれ、徐々に川幅を広げてゆく狩場川の流れから西へと三町ばかり行った、小高い場所だった。すでにかなり海が近い。潮の香りが濃く、松原の向こうから波が打ち寄せる音がきこえてくる。

まわりは、見あげるような高い石垣がめぐらされている。まるで城壁だ。こういう寺は、城が攻められた際、最初に軍兵が籠もることになる場所だから、このくらいの構えは当たり前のことにすぎない。どの城下でもよくあることだ。

山門は石垣のあいだを行く登り坂の上にあった。がっちりと閉められている。

佐之助は山門の間際まで足を運んだ。

くぐり戸には門がかかっている。その横の漆喰の塀を乗り越えた。

境内に入る。目の前に鐘楼《しょうろう》があり、相当年輪を重ねていそうな鐘がぶら下がっていた。いい音がしそうで、佐之助は撞木《しゅもく》を握りたくなった。

その思いを殺し、境内を静かに進んだ。石畳がつながる正面に本堂、右手に離れらしい建物、左手に庫裏《くり》があった。

離れにも庫裏にも明かりがついている。庫裏の横には食堂《じきどう》と思える建物がある。その奥には、風呂も建てられている様子だ。学寮らしい建物の影も、右側の林の向こうに見えている。

考えていた以上に大きな寺のようだ。本堂の瓦屋根の見事さは、夜目でもはっきりと見える。

房輿はどこにいるのか。ふつうに考えれば学寮だろう。

だが、誠輿の子だ。いくら罪人の孫とはいえ、他の修行僧と同じところに入れられるだろうか。

離れではないか。

そんな気がして、佐之助は右手に向かって進んでいった。

むっ。

離れにつながる枝折戸《しおりど》を越えようとして、佐之助は足をとめた。

離れの前に、数名の侍が立っているのに気づいた。暗がりに身を置き、厳しい視線をあたりに投げている。

――房興の警護の者ではないか。

幽閉されているも同然の者に警護の者がついている。これはどういうことか。

すでに房興の側には、相当数の家中の者がついているのではないか。

警護していると思えるのは、選ばれた者たちなのか、いずれも腕はそこそこ立ちそうだが、倒すのは造作もない。

しかし、佐之助にやる気はない。ここで騒ぎを起こしてもはじまらない。

泉水の設けられている庭を、茂みの陰に身をひそめてまわりこみ、佐之助は離れの裏に出た。

こちらにも警護の者はいたが、二人だけだ。目を盗んで離れに忍ぶのは、造作もなかった。

佐之助は天井裏にあがった。房興の姿を、下からきこえてくる声で探す。二部屋しかない、さして広くはない造りだから、すぐに見つかるはずだ。

案の定だった。奥の部屋から若殿という声がした。

若殿と呼ばれる者は、房興以外、考えられない。

天井裏を這い、佐之助はそちらに移った。声のするところまで動き、埃が落ちないように注意して天井板をわずかにずらして、下を見た。

行灯が灯っていた。五人ばかりの侍が集まっていた。そのうちの一人が若く、あとは年配の者ばかりだった。

若いのが房興だろう。あとは彦兵衛が失脚したときに表舞台から去った家中の者で、最盛期はかなりの力を有していたであろう者たちばかりなのではないか。

この者たちは、反又太郎一派というべき一党にちがいない。こいつらが堀田備中守と結びついたのだ。外にいる警護の者は、これらの家臣だろう。

五人は密談をしているのかと思ったが、そうではなく、談笑していた。家中の噂話が主だった。

和《なご》やかな雰囲気で、その話し方や笑い方には余裕が感じられた。房興が沼里のあるじの座につくことを、信じて疑っていないのが、はっきりと読み取れた。

つまり、又太郎を亡き者にしようとする策はかなり進んでいると見て、いいのではないだろうか。

佐之助は、房興と思える若者を見た。まだ十五、六といった歳だろうか。意外に聡明さを覚えさせる目をしている。ほとんど口をはさまず、じっと耳を傾けていた。宮田彦兵衛にはたいして似ていない。

意外にいい男に成長するのではないか。

そんな気がした。

仮に又太郎が殺され、この男が沼里のあるじになったとしても、家中の者にとっても領民にとっても、さほど悪いことにはならないのではないか。

だが、それは又太郎が命を縮められた場合ではなく、病死などでこの世からいなくなり、正々堂々とあるじの座におさまった場合だろう。

佐之助は目を動かし、四人の家臣の顔を覚えた。互いに呼び合う名も、すべて脳裏に刻みこんだ。

これで俺は名も顔も、決して忘れぬ。いつどこで会おうとも、必ず覚えている。

四半刻ほど待って、話が密談に変わるのを待ってみたが、相変わらず噂話や世間話は続いた。

これ以上ここにいても詮ないな。

佐之助は天井板をもとに戻した。射しこんでいた一筋の光が消え、天井のなかは真っ暗になった。

佐之助は動きだし、離れの端のほうにまわった。ここには警護の者は誰もいない。

なんとなく湯瀬のことを思いだした。まだ沼里には来ていない。

本当にくたばったわけではあるまいな。やつに限ってまさかそれはあるまい。

佐之助は音もなく地面に飛び降りた。足をついた瞬間、胸がどきりとした。一瞬、心の臓に痛みが走ったと思ったほど強烈なものだった。

どこからか、誰かに見られているような気がした。

背筋にさっと寒けが走る。

誰だ。

覚った。

決まっている。やつだ。あの顔ががらりと変わる男に相違ない。待ち構えられていたかもしれない。

いったいどこから見ている。襲ってくる気なのか。

佐之助は、得物は腰に道中差を帯びているだけだ。向こうは業物《わざもの》だろう。

やり合うには不利だ。しかしやる気なら、こちらの都合など無視してかかってくるにちがいない。
視線は、今は感じない。だが、消えたとは思えない。
佐之助は腰を落とし、道中差の鯉口《こいぐち》を切った。そのままの姿勢でしばらくいた。
やはりもう見ていないのか。いなくなったのか。
どうして斬りかかってこないのか。
そんなことを思ったとき、背後で風が動いた。
ちっ。
佐之助は顔をゆがめた。
うしろにまわっていやがった。
佐之助は道中差を抜いた。
「遅い」
声がきこえた。
刀が振りおろされていた。佐之助は必死に道中差を持ちあげた。
だがこのままでは殺られる。
それがわかり、道中差を放りだすようにして、佐之助は横にはね跳んだ。

鉄同士がぶつかる音がし、闇夜に火花が散った。

そのわずかな光の近くには誰もいないように見えたが、すでに佐之助は刀を振るってきた男の顔を見ていた。

やっぱりやつだ。俺の背後を取るような味な真似ができるのは、湯瀬以外ではやつくらいだろう。

得物は捨ててしまった。やつはやはり業物を握っている。まともにやり合っては勝ち目がない。ここは逃げるしかなかった。

警護の侍たちはその場を動こうとしていない。持ち場を離れぬよう厳に命じられているようだ。

佐之助は走った。うしろをやつが追ってくる。気配を消そうとしてはいるが、かすかに獣が迫ってくるような風の動きが感じられる。これは、自分だからこそ感じ取れるものにちがいない。

だが、そんなことを誇っている場合ではなかった。

佐之助は必死に駆けた。境内をめぐる塀が見えてきた。

あれを跳び越えるか。佐之助は迷った。高さは半端なものではない。

しかし、それ以外、背中を取られた今、助かる道はなさそうだ。

行くぞっ。

佐之助は覚悟を決めた。

走るはやさをゆるめることなく、一気に塀を越えた。宙に飛びだす。落下してゆく。

ふわりと地面に足をついた。頭上から風を切る音がした。

来ていやがった。

佐之助は走った。背後でかすかに着地の音がした。追ってくる。

なにか得物はないか。

佐之助は懐を探った。なにもない。ここはひたすら走るしかなかった。人が大勢いるところに行くか。

いや、もっといいところがある。佐之助は道を東に転じた。

三町ばかりを一気に走り抜けた。相変わらず気配はないが、やつが追ってきているのは疑いようがない。

佐之助は、水のにおいを嗅いだ。黒い流れがゆったりと動いているのが闇のなかににじむように見えた。

佐之助は河原を駆け、流れに飛びこんだ。力をこめて水をかく。顔が冷たいものに包みこまれた。

やつはどうした。

背中で気配を嗅いだ。

ついてきていない。やつは泳げぬのか。そうではない。きっと業物の刀を濡らすのがいやなのではないか。

佐之助は泳ぎ続けた。着物を着たままで泳ぐのはむずかしいときいていたが、さほどのものではない。これならば、半里くらい泳ぐことができるのではないか。

狩場川は、このあたりだと幅が優に二町はある。佐之助はすでに半ばまで来ていた。うしろにやつはいない。それは確かだ。

まさか、水中をもぐってきてはいなかろうな。

佐之助は、今にも刺し殺されるのではないか、という恐怖にとらわれた。だが、じたばたしなかった。もしそこまでやつができるのなら、完敗としかいいようがない。殺られても本望だった。

しかし、体を貫く痛みはいつまでたってもやってこなかった。

助かったか。

さすがに安堵が全身を包む。このまま海まで流れに乗って出てしまいたいくらい、佐之助はぐったりとしていた。

しかし、そんな無様なことはできない。

そんな真似は俺のすることではない。

疲れた体に鞭打って佐之助は向こう岸を目指し、水をかきはじめた。

六

やくざ者によれば、三人の名は菊三《きくぞう》、鞆吉《ともきち》、百合助《ゆりすけ》とのことだった。

この三人は、小石川のあたりでよく見かけるとのことだ。

賭場に出入りし、これから犯罪を行うか、すでに行ったかもしれない連中だ。堅気であるはずがない。

富士太郎は珠吉とともに、賭場をひらいているやくざ者の一家を次々に訪れ、この三人の名をだして居場所を知らないか、きいていった。

なかなか見つからない。三人の名を知っている者はかなりいたが、どこに住んでいるのか、知る者は一人もいなかった。

なにも得るものがないままにときがあっという間にすぎてゆき、背を焼くような焦燥の思いが富士太郎を包む。たまらず弱音を吐きたくなった。

しかし、珠吉の顔を見て思いとどまった。珠吉は汗を一杯にかき、頬を紅潮させているが、目はまったく死んでいない。めらめらと燃える闘志が感じられた。

まったくたいしたものだねえ。ほんと、すごいねえ。

富士太郎は心の底から感心せざるを得ない。そして、若い自分が負けていられない気持ちになった。

よし、がんばるよ。きっと三人の居どころを見つけてみせるよ。

今朝、この町に来る前に、医者の実源の診療所に行ってきた。豊吉はいまだに昏々と眠っていた。

おれんが一人で来ていた。豊吉の看病をしている。

おれんの目は生き生きと輝いていた。直之進が江戸にいないことを、寂しがったり、悲しがったりしていなかった。

これはつまり、おれんちゃんは豊吉に恋しているということなのかな。だからおきくちゃんが沼里に向かっても、なんともなかったのかな。

瞳の輝きは、それとしか説明のしようがなかった。

うまくいくといいね。それに一刻もはやく豊吉が目を覚ますといいねえ。目覚めたときおれんちゃんがいるのを知ったら、きっと驚くにちがいないよ。

富士太郎は、是非その場面を目の当たりにしたかった。

だが、それはかなわないかもしれない。なにしろ、富士太郎には町方としての仕事がある。町方を生業としている以上、親の死に目にだって会えないかもしれないのだから。

そうなんだよね、と富士太郎は思った。おいらは命懸けで仕事をしなきゃ駄目なんだよ。だから、くたばるまでひたすら走り続けなきゃならないんだよ。

「旦那、ほとんどのやくざ者は当たりましたよ。もうこのあたりには、やくざ者の一家は残っていませんよ。次はどうしますかい」

富士太郎は珠吉に笑いかけた。

「一人、忘れていないかい」

「ああ、そうでしたね」

珠吉が頭のうしろを叩く。

「一人、いましたねえ。あっしも耄碌しましたよ」

「そんなこと、あるものかい。珠吉が耄碌などするはずがないよ。よし、珠吉、さっそく行こうかね」

二人は歩きだした。

やってきたのは、小日向西古川町だ。

料亭の花須味のそばにある由宣寺で賭場をひらいているやくざ者の親分は、静《しず》五郎《ごろう》といい、この町で一家を構えている。

午前に行ったとき、一家には一人もいなかった。あまり大きいとはいえない家には、しっかりと大きな錠がかかっていた。

まさか出入りじゃないだろうね。

近所の者によれば、親しくしていた親分の葬儀ではないかとのことだった。昨日から出ており、今日の午後、戻ってくるのではないかといわれた。

葬儀ならば家に下っ端の子分を残しておくくらいはすると思うが、もともと小さな一家で、親分の静五郎は子分全員をまんべんなくかわいがっているとのことだ。なにかあると、必ず全員をつれてゆくという。

菊三、輌吉、百合助の三人がどこで静五郎の賭場を知ったのか、教えた者がいるにちがいない。

その者は、静五郎一家の者と親しいか、一家の子分かもしれなかった。とにかく話をきければ、なにか得られるものがあるにちがいない。

いるかな、と思いつつ、富士太郎は静五郎一家の家を訪れた。

静五郎たちは帰っていた。全部で十五人の子分もいない一家だった。

座敷に通され、そこで静五郎に会うことができた。

富士太郎はすぐさま賭場のことを話した。豊吉の一件で力を貸してくれれば、寺社奉行に通報はしない、と明言もした。

そりゃとてもありがてえことなんですがね、と前置きするようにいった静五郎は、豊吉だけでなく菊三や鞆吉、百合助のことも知らなかった。

知っている者がいるかもしれないということで、子分を全員呼んでくれた。座敷にずらりと子分たちがそろう。こういうとき、人数が少ないのはありがたかった。

「こちらは樺山の旦那とおっしゃる。由宣寺のことはすでにご存じでいらっしゃる。おめえらが合力《ごうりき》すれば、賭場のことは不問に付してくれるそうだ。しっかり見ろい」

静五郎が、子分たちに豊吉の人相書を見せた。順繰りに人相書がまわってゆく。

「菊三、鞆吉、百合助の三人を知っているかい」


「これは豊吉さんですね」

五人目の男から声があがる。

「菊三、鞆吉、百合助の三人を知っているかい」

富士太郎は、きりっとした顔つきのその男にすかさずたずねた。やくざ者にしておくには、少し惜しい感じだ。

「ええ、賭場によく来ますから」

「どこに住んでいる」

「それは知りません」

「知っている者はいるか」

静五郎が声を張りあげる。だが、知っていますと答えた者は一人もいなかった。

「どこかで菊三たちを見かけたことはないかい」

矢場が二つと一軒の煮売り酒屋の名があがった。

「ありがとう」

富士太郎は静五郎親分と一家の者に礼をいって、家をあとにした。

昼間の雰囲気を十分に残しているが、外は暗くなりつつあった。まだ明るさをともなっていない月が空に浮かんでいた。

直之進の顔が重なる。富士太郎を見て笑っていた。

ああ、会いたいねえ。今、どうしているのかねえ。沼里で故郷というものを満喫しているのかねえ。おいらのことなんか、とっくに忘れちまったんじゃないかねえ。ねえ、直之進さん、はやく江戸に帰ってきておくれよ。おいら、寂しくてならないよ。

富士太郎は、くすんと鼻を鳴らした。

「どうかしたんですかい」

驚いたようにうしろに控えている珠吉がきいてきた。

「なんでもないよ」

富士太郎は強がっていった。

静五郎一家から最も近いのは、煮売り酒屋の波志雄《なみしお》だった。だが、店主によると、波志雄には最近、菊三たちは顔を見せていないとのことだ。どうやら河岸《かし》を変えたらしい。菊三たちが来なくなって、せいせいしたというのが店主の本音のようだ。

富士太郎たちは次に矢場を当たった。最初の矢場でいきなり当たりくじを引いた。

高富《たかとみ》という店に行けば、菊三に会えるかもしれない、とのことだった。高富は見た目は煮売り酒屋だが、二階で女を抱かせる店で、そこに菊三のなじみの女がいるとのことだ。

高富は、矢場から五町ばかり離れているにすぎなかった。

高富の場所はすぐにわかった。路地の突き当たりに、ぽつんと赤提灯がともっていた。赤提灯に店の名が黒々と記されていた。

「菊三はいるかな」

「いてくれたらありがたいですね」

富士太郎は暖簾を払い、この暑さなのに閉めきられている腰高障子を横に引いた。

なかは意外に明るかった。客が十人ばかりいる。すべて男だ。白髪の年寄りも何人かまじっていた。いずれも小上がりで酒を飲み、肴をつまんでいた。それがいっせいに富士太郎を見た。

厨房に店主らしい目の鋭い男がいた。富士太郎を見て、露骨に顔をしかめた。

「なんですかい。御用ですかい」

「そうだよ。おたえはいるかい」

どう答えようか、迷ったようだ。

「いますよ」

「どこだい」

店主は無言で無表情だったが、客の何人かの瞳がちらりと上に動いた。それを富士太郎は見逃さなかった。

「あがらせてもらうよ」

富士太郎は懐から十手を取りだし、そばに口をあけていた階段をのぼった。うしろを珠吉が静かについてくる。

「あっ、ちょっと」

店主の声が追いかけてきたが、富士太郎は無視した。

二階にはいくつか部屋があった。真ん中を突っ切っている廊下に出ると、女のあえぎ声と男の獣のような息づかいがいくつか重なってきこえてきた。

ああ、いやだねえ。野蛮だよお。

「おたえはいるかい。御用の筋だよ」

あえぎ声と息づかいが、風にさらわれたかのように一瞬で消えた。

「どこだい。出てこないと、こちらから行くよ」

その声に応じて、近くの襖がからりと音を放ってあいた。襦袢姿の女が敷居際に立っている。

「おたえかい」

「そうですけど」

美形だが、どこか体を悪くしているかのような弱々しげな声だ。本当に病にかかっているのではないか。

「菊三を知っているね」

それには答えず、おたえは首をまわして部屋のなかを見た。しなをつくる。

「ちょっと待っててね。すぐに戻るから」

襖を閉め、廊下に出てきた。少し怖い顔をしている。

「こちらにどうぞ」

富士太郎たちは、二階の一番奥の部屋に連れていかれた。いくつもの布団が置かれていた。布団部屋というわけではなさそうだが、そういう使われ方をしていた。

「ここなら話がしやすいですから」

そのようだね、と薄汚れてはがれかけた壁を見て富士太郎はいった。

「さっきの問いなんだけど、菊三を知っているね」

「はい」

おたえの瞳に憎々しげな光が宿る。興味深かったが、富士太郎は今、触れるつもりはなかった。

「どこにいる」

「さあ」

富士太郎はじっと見た。かばってとぼけているわけではなさそうだ。

「菊三を探しているんだけど、どこにいるか、心当たりはないかい」

「わかりません。あんな悪党がどこにいるかなんて」

「やっぱり悪党なのかい」

「ええ。今度はなにをしたんですか」

富士太郎は話した。おたえが眉をひそめる。眉間《みけん》に太いしわができた。

「豊吉さんを半殺しに。まったくなんてひどい野郎だろう」

おたえは本気で怒っている。

「豊吉さん、まじめな人だから、はやいところあんなやつとつき合うのなんかやめなさいよって口を酸っぱくしていってたのに、きこうとしないから。同じ郷里だからって、あんな男を大事にする必要なんて、なかったのに。まったく馬鹿ねえ」

富士太郎はおたえを見つめた。

「菊三のことを悪党っていったけど、どんな悪党なんだい」

おたえが見つめ返してくる。

「八丁堀の旦那、あの男を必ずつかまえてくれますか」

すがるような眼差しだ。急に気弱になったように感じられた。おびえている。

「菊三が怖いのかい」

少し間を置いて、おたえがうなずく。

「おまえさん、菊三になにをされたんだい」

おたえがうつむき、自分の肩をきゅっと抱き締めた。やせた体だ。やはり病なのではないか。こういうところで働いている女が、健やかでいられるはずがなかった。

医者に診てもらいなよ、と富士太郎はいいたかった。だが、この手の女は使い捨てだ。店の者が医者に診せるはずがない。

「本当につかまえてくれますね」

おたえが重ねていう。

「もちろんだよ」

富士太郎は心からいった。それがおたえに伝わったようだ。

「まだ若いけど、こちらの旦那は本物のようだ」

おたえが独りごちるようにつぶやいた。顔をあげる。瞳に決意が見えた。

「あの男は、女を手込めにするのが大好きなんですよ」

「手込めに。まさかおまえさんもそうだというんじゃないだろうね」

富士太郎はそんな気がしていった。

「ええ、その通りです」

おたえが気丈に強く顎を引いた。

「これまで何人の女が犠牲になったものか」

「手込めは法度だよ。どうして御上に訴え出ないんだい」

「あの男は手込めにしたあと、必ずこういうんです。届け出たら、家族を殺すって」

「それだったら、なおさら届けないと」

「わかっているんです。でも本当に家族を殺されたら、と思うと。私は弟と許婚《いいなずけ》を殺すっていわれました」

「許婚がいるのかい」

「ええ、いました。あたしを手込めにしたあと、あの男はそういいました。あたしはなにもいえず、許婚とわかれました。そのあとは、なにもかもうまくいかなくなってしまって……」

そういうことだったのか。手込めにされた女は人生を台なしにされるというが、ここにもそういう女がいる。

「今も同じことをしているんだね」

「まちがいなくそうだと思います。楽しんでいますから」

おたえがまた視線を畳に落とす。ひどくすり切れ、汚れていた。なにをこぼしたのか、そこいら中、しみだらけだ。

「弱い女に悪さをする男だから、あたしが勇気をだして訴え出なきゃ、いけなかったんだ。あの男、偶然、あたしとここで再会したんです。あたしのことをよく覚えていました。こいつはうれしいねっていって、それ以来、足繁く通うようになったんです」

おたえが唇を嚙む。

富士太郎は不憫《ふびん》でならなかった。菊三にどんな気持ちで抱かれていたのだろう。

「この店であたしがあいつに会ったのは、きっと八丁堀の旦那にあの男のことを話すためだったんでしょう」

おたえの目が光った。

「あいつもついに運の尽きってことですね」

「そういうことだよ。豊吉も同じことをしていたのかい」

目さえ覚めればおれんとうまくいきそうな雰囲気なのに、もしそんなことに加わっていたとしたら、怪我が治ったあと町奉行所に引っ立てるしかなくなる。

おたえがかぶりを振る。

「あの人はそんなことをするような人ではありません。菊三と一緒にこの店に来たことがあるだけです。やさしい人ですから」

おたえがごくりと唾をのむ。

「菊三には今も、目をつけた娘さんが一人、いるようです。この前、そんなことを話していました」

その娘が手込めにされる前にとっつかまえなきゃね。

富士太郎は強く思った。はっとする。まさか、という思いが胸をよぎる。これまでじっと話をきいていた珠吉が膝を進ませた。

「その娘について、なにか菊三はいっていたかい」

「いっていたのは、どこかの裏の路地で見つけた娘、というようなことだけです。すみません」

「謝ることなんかないよ。十分すぎるほどだ。よく話してくれたね。ありがとう」

富士太郎はおたえにいってから、珠吉に視線を転じた。

「花須味の裏の路地のことだね」

珠吉がうなずき返す。目に急がねば、という切迫した色がある。

確かにこうしちゃいられないね。

富士太郎は立ちあがった。珠吉も続く。

「じゃあね、おたえちゃん。きっとつかまえてやるからね、待っているんだよ」

富士太郎は力強くいって廊下に出、階段を足音荒く駆けおりた。

小日向東古川町に入ってからが長かった。いつもはすぐに見えてくるはずの店が、今日はなかなか視野に入ってこない。

もう日がとっぷりと暮れているというのは、関係なかった。

米田屋さんがなくなってしまったのではないか、と富士太郎は本気で考えたくらいだった。

ようやく見えてきた。もう明かりは消え、戸は閉ざされている。

店の前に着いた。息も絶え絶えだった。珠吉の息も荒くなっていた。こんなことは滅多になかった。

「あけとくれ」

富士太郎は戸を激しく叩いた。

「おいらだよ、樺山富士太郎だよ」

「どうしたんですか」

なかから声がし、くぐり戸の桟がはずされる音がきこえた。

ああ、おれんちゃんだ。よかった。

しかし顔をだしたのは、おあきだった。横にせがれの祥吉がいる。

富士太郎はまじまじとおあきを見た。そんなことをしたからといって、目の前の女がおれんに変わるようなことはなかった。

「おれんちゃんはいるかい」

「出かけています」

「どこに」

「いつものところです。豊吉さんですよ」

「ふだんはいつ頃、帰ってくるんだい」

「午後に出かけたときは、もう少しはやいでしょうか」

おあきが案じ顔になる。

「今日は遅いみたいですね」

光右衛門も土間におりてきた。富士太郎と珠吉にていねいに挨拶する。瞳に憂いの色が出ていた。

「樺山の旦那、おれんがどうかしたんですか」

「いや、なんでもないよ。ありがとう」

富士太郎はきびすを返すや、珠吉をうながし、実源の診療所に向かって駆けだした。

途中、おれんと行きちがわないように向こうからやってくる娘には、特に注意を払った。

「旦那」

うしろから珠吉が声をかけてきた。先ほどより息が荒くなっている。大丈夫だろうか、と思ったが、ここで足をとめるわけにはいかない。

「なんだい」

「あの路地じゃあないですかね」

「花須味の裏のかい」

「ええ、あの路地は実源先生の診療所に通じていますよ。それにほんのちょっとですが、近道になります」

「となると、おれんちゃんはあの路地をいつも通っているのかな。それを調べた菊三たちが待ち構えているってことかい」

「あそこならほとんど人けはないし、あそこで手込めにするつもりはないにしても、気を失わせてどこかに連れこむなんてことは、たやすいこってすよ」

「その通りだね」

富士太郎たちは右に曲がった。

間に合っておくれよ。頼むよ。

念じながら、富士太郎はひたすら足を動かした。

花須味の建物の影が闇のなか、うっすらと見えてきた。富士太郎たちは明るい店の前を通りすぎ、道をまわりこんだ。さらにもう一本、折れる。

そこで珠吉が富士太郎の袖を引いた。富士太郎は裏路地の入口のところで足をとめた。珠吉がどうして袖を引いたか、意図はわかっている。

富士太郎は塀を盾に目だけをのぞかせ、裏の路地を見た。

誰もいない。いっそう深くなった闇が泥のように横たわっているだけだ。

そうではない。人の気配がする。どこかに隠れている。

どこだい。

富士太郎の背後から、珠吉も路地をそっと見た。

「塀の上ですよ」

ささやきかけてきた。

本当だ。路地の両側には高い塀が建っているが、そこに腹這いになっている人影がある。

向こうから提灯の明かりが近づいてきた。米田屋の名が入っている。

それを富士太郎が認めた瞬間、塀からばらばらと三人の男が飛び降りた。提灯に向かってまっすぐ進んでゆく。

「あっ」

提灯をいきなりはたき落とされ、おれんが声をあげた。なにが起きたかまったくわかっていない。路上で燃えはじめた提灯が踏みにじられる。あっという間にあたりは闇に包みこまれた。

どすっと鈍い音がした。おれんが前のめりになる。骨を抜かれたようになったおれんを一人の男が担ぎ、走りだす。

「そこまでだよ」

富士太郎は男たちに声をかけた。怒りに声が震えそうになっている。いったいこいつら、何者なんだい。人なのかい。

「誰でえ」

「誰でもいいだろう。ぶちのめしてやるよ」

「なんだと」

二人が懐から匕首をだす。おれんを担いだ男はそのまま走りだそうとした。

「そうはさせるかい」

富士太郎は叫び、突進した。すでに十手は右手に握っている。横を珠吉がいちはやく走り抜けていった。

匕首を突きだしてきた男に向かって、富士太郎は十手を振るった。匕首にわざと十手をぶつけ、手首を返す。匕首が十手に巻き取られ、宙を飛んでゆく。

手のうちから重みが消えてあっけにとられた様子の男の腹に、思いきり十手を打ちこんだ。うなり声とともに、男が腰を折って地面に倒れこむ。

二人目はすでに相手が町方であるのに気づいていた。それでも匕首を腰だめにして、突っこんできた。

富士太郎は寸前でかわし、男の背中を十手で打ち据えた。骨に当たったのか、かたい音がした。男が背筋をそらし、悲鳴をあげた。もう一発、十手を見舞うと、地面に崩れ落ちた。

地面に横たわった二人が立ちあがれそうにないのを確かめた富士太郎は、珠吉に目をやった。

「旦那、やりましたね」

珠吉が明るい声を発した。すでにおれんを担いでいた男を地面にうつぶせにさせ、捕縄でがっちりと縛りあげている。

そばにおれんが呆然と座りこんでいた。いまだになにが起きたのか、わからないという風情だ。

「おれんちゃん、おいらだよ。富士太郎だよ」

富士太郎は一人の男から匕首を取りあげてからいった。

「樺山の旦那、これはいったい」

おれんが声を震わせる。

富士太郎はうめき声をあげている二人の男に目をやってから、おれんに近づいた。

「話せば長いんだよ。とにかく、こいつらを自身番につないできてから、すべてを説明するよ」

富士太郎はおれんにほほえみかけた。

「米田屋のみんなが心配しているよ。さあ、行こうかね」

第四章

一

ようやく着いた。

ほっとし、東海道を歩きながら直之進は左肩に手をやった。少し痛みがあるが、うずく程度で、たいしたことはない。

しかし甘かったな。

今、思い返してみても、あの女に引っかかったのはおのれに隙があったとしかいいようがない。

鉄砲に撃たれた傷は、幸いにも骨に当たることなく肉を削いだだけだった。もし当たっていたら、骨は砕け、左手で刀を握ることは一生できなくなっていたにちがいない。このあたりは運がよかった。

約一年ぶりの沼里だ。さすがに懐かしさがこみあげてくる。涙こそ出ないが、心が湿っている。

見るものすべてが、いとおしい。狩場川の流れはいつも通りで、ゆったりしている。陽射しが水面にはねて、まぶしい。城下を見おろす鹿抜山《かぬきやま》はさして高くはないが、山頂から見る城下の景色はすばらしい。絶景といっていい。

それよりもなによりも、正面に見えている沼里城だ。三層の天守が日光を浴び、白さをさらに増している。

やっぱりいい城だな。

贔屓目《ひいきめ》だろうが、日本一の城としか思えない。狩場川を外堀に見立てている沼里城には実際のところ、天守はない。櫓がその代わりになっているにすぎない。だから本丸は天守とは別のところにある。

そのことを、もう又太郎さまは知っているにちがいない。それをきいたとき、どう感じただろうか。

とうに江戸で知っていたかもしれないから、なにも感じなかったかもしれない。もともと天守のことなど、あまり気にするようなたちではないはずだ。

城には行かず、屋敷に向かった。

重臣や大身の家臣たちの屋敷が並ぶ一画をすぎると、小禄の屋敷ばかりが目立つようになってきた。

道は昨日までこの町で暮らしていたようにはっきりと覚えている。生まれ育った地だから当たり前だろうが、そのことが直之進はうれしかった。

風景を楽しむように、ゆっくりと歩き続けた。反面、はやく屋敷に着きたいという思いも強い。

すでに昼だけに、あたりを行く者はほとんどいない。人けは絶えている。しわぶき一つでも、雷のようにとどろきそうな静寂の霧が漂っている。

屋敷に着いた。門は閉じられている。くぐり戸を押す。

閉まっていた。直之進は控えめに叩いた。軽い音が響く。

足音が近づいてきて、どちらさまですか、ときいてきた。

「欽吉」

一瞬、沈黙があった。

「殿」

声と同時に、くぐり戸の閂がはずされる音がした。もどかしげにくぐり戸がひらかれる。欽吉の顔がのぞいた。

「ご無事でしたか」

抱きついてきた。

「おい、こら」

いたた、と直之進は顔をしかめた。

「いかがなされましたか。怪我をされているのでございますか」

「うむ」

欽吉が直之進をなかに引き入れた。濡縁に座らせられる。

「どこを怪我されたのです。なんの怪我でございますか」

直之進は告げた。

「鉄砲っ」

欽吉が息をのむ。

「お医者には」

「診てもらった」

「どこで」

「箱根の村だ」

「村医者でございますか」

川に飛びこむ寸前、鉄砲で撃たれ、直之進は流れに翻弄され続けた。死ぬかと思ったが、かろうじて意識は保つことができた。

それでも岩で一度、頭を打ち、気を失いかけた。それが、今度は鉄砲でやられた左肩を岩で打って、痛みで目が覚めた。必死に水をかき、岸近くの岩に手を伸ばした。最初は引っかからなかったが、何度か繰り返しているうちに、岩をつかむことができた。

水は冷たく、晩夏といえども、震えが出るほどだった。体は冷え切っていた。かろうじて岸にあがった直之進はあたりに敵の影や気配がないことを確かめてから、砂の上に座りこみ、左肩に目をやった。

肩の上側から、血が流れ出ていた。皮が破れ、肉が石榴《ざくろ》のようにはじけていたが、骨はやられていないように見えた。そう願いたかった。

傷口から目をそむけたかったが、直之進は懐に手を入れた。幸いにも手ぬぐいは流されず、そこにおさまっていた。手ぬぐいで傷口を縛った。

刀が気になった。又太郎からもらった大事な刀だ。

「さようですか」

「腕はよかったぞ」

これも流されず、腰にあった。ほっとする。直之進は刀を抜き、目釘をはずした。水滴が一杯についている。手ぬぐいでふき、目釘を元に戻す。刀身を鞘におさめるわけにいかない。とりあえず岩に刀身を逆さまにして立てかける。鞘を振り、水を飛ばす。鞘だけは腰に帯びた。

直之進は右肩に刀をのせた。痛みをこらえて歩きだした。

獣道のような道がすぐに見つかり、それをたどってゆくと、村に出た。抜き身を持っている直之進に村人たちは驚いたが、誤って川に落ちてしまったことを話すと、乾いた布をくれた。代を払おうとしたが、断られた。その布で刀身を包んだ。これで刀がさびる心配はなくなった。

「傷も、その村で診てもらった」

直之進は欽吉にいった。

「医者の腕は本当によかったぞ。骨にはかすってもいないといわれた」

「鉄砲に撃たれたことは、お医者に伝えたのですか」

「むろん。一目瞭然だからな、隠しても仕方ない。手当は手慣れたものだった」

「それはよかった。そのあとは、その村で療養していたのですか」

「ああ、今朝までな。抜糸をしてもらい、村を出てきた」

「さようでしたか」

笑みを浮かべた欽吉が真顔になる。

「それにしても、誰に撃たれたのでございますか」

「長い話になるが」

直之進は、腐り米のことから話をはじめ、久しぶりに沼里に帰ってきたいきさつを余さず語った。

欽吉が目をみはる。

「そのようなことが、江戸であったのでございますか」

「ああ」

直之進は欽吉をしみじみと見た。

「欽吉、なつかしいな。よく屋敷を守ってくれた」

「住み慣れたお屋敷でございます。お安いご用でございますよ」

欽吉が控えめに見あげてきた。涙を浮かべている。

「殿もよくご無事で。お顔を拝見できて、手前はうれしゅうございます。感激で、胸が一杯でございます」

欽吉が涙を手のひらでふく。鼻をかんだ。

「そういえば、殿を訪ねて倉田佐之助という人がいらっしゃいました」

「やつが」

直之進は眉をひそめた。

「用件は」

「いえ、殿がまだお帰りになっていないことを伝えると、さっさと行っておしまいになりました」

「どちらに向かった」

「北にございます」

千勢の実家に行ったのか。おそらくそうだろう。あるいは、佐之助は文でも預かっていたのかもしれない。

その後、直之進は着物をととのえ、墓参りをした。沼里の地を鎮める役目を担っている浅間大社にも行った。

気持ちが落ち着き、さわやかになった。やはり墓参りなどは頻繁にすべきだ。肩の痛みも忘れていた。実際、今はもう引きつるような鈍い痛みがあるだけだ。

屋敷へ帰ろうとして、直之進はすぐに足をとめることになった。

「直之進どの」

横合いから呼びとめられ、直之進は一瞬、立ち尽くした。声が千勢に思えたからだ。

「これは義母上《ははうえ》」

直之進は道の脇に寄り、深く腰を折った。肩を動かしたわけでもないのに、軽く痛みが走る。

紀美乃もていねいに辞儀をしてきた。そばに供の者がいる。

「お帰りだったのですか」

「はい、先ほど帰り着きました」

「このまま沼里にお住まいになるのですか」

直之進はわずかに間《ま》を置いてから、ゆっくりとかぶりを振った。本当はもう心は決まっているのだが、この間は沼里に住む者への礼儀だった。

「一段落したら、また江戸に戻ります」

「さようですか」

紀美乃は少し残念そうだ。直之進もこの義母のことは好きだった。

紀美乃が思いだしたようにすまなそうな表情になる。

「娘のことは、心より申しわけなく思っています」

「いえ、いいのですよ」

直之進も本心からいった。

「それがしのなかで、すでにけりはついています」

「では、離縁するおつもりですか」

「千勢どのも、その気でいるにちがいありません。もはやもとの鞘にはおさまることは、できぬでしょう」

「不出来な娘で、本当に申しわけなく思っています」

「いえ、そのようなことはありませぬ」

紀美乃の瞳が少し揺れ動いた。

「あの、このようなことを直之進どのにきいてもよろしいのかと思いますが」

直之進はぴんときた。

「なんでもおききください」

「はい、ではお言葉に甘えて」

紀美乃がはっと気づいてまわりを見る。

「こんなところで立ち話もなんですから、茶店にでも入りましょうか」

浅間大社のそばには、茶店が何軒か並んでいる。そのうちの一軒に入り、長《なが》床几《しょうぎ》に腰をおろした。

ふう、と紀美乃が疲れたような息をついた。

直之進は茶を頼んだ。紀美乃は供の分まで合わせて、茶と団子を注文した。

「ここはお団子がおいしいのですよ」

「さようですか」

「たれがとても甘く仕上げてあって、こくがあるのです。お団子も歯応えがよくて、味もよろしいのです」

「でしたら、それがしも頼むとします」

「私のを差し上げます」

「そういうわけにはまいりませぬ」

「いいのですよ。私はまた浅間さんに来ればいいのですから」

茶と団子がやってきた。直之進はさっそく茶をすすった。

「うまい。やはり沼里の水でいれた茶はひと味もふた味もちがう」

「江戸は水がよくないのですか」

「わき水があまりありませんから」

「江戸には、水道というものがあるそうですね」

「はい、多摩川という大河から引いたりしているようです。それが江戸者の自慢ときいています」

紀美乃が湯飲みを持ちあげた。直之進に団子を勧める。直之進はその言葉に甘えた。

確かに紀美乃がいった味がする。うまい。沼里にこんなにおいしい団子を供する店があるとは、思わなかった。

直之進はそのことを伝えた。紀美乃が顔をほころばせる。だが、すぐに寂しげな表情になった。

「千勢もここのお団子が大好きなのです。今、なにをしているのでしょう」

紀美乃が顔を向けてきた。

「直之進どのは、鰻屋の冨久家さんをご存じですか」

「はい。千勢どのと何度か行ったことがあります」

「千勢はあそこの鰻も大好きなのです。食べさせてやりたい」

紀美乃が目頭を押さえる。

「すみません、勝手なことを申して」

「いえ、親心だな、と思います」

紀美乃が潤んだ瞳を向けてきた。千勢を感じさせるところがあり、直之進はどきりとした。

「直之進どのは、倉田佐之助というお方をご存じですか」

やはりきたか、と直之進は思った。どう答えるべきなのか。

「存じています」

逃げるわけにはいかない。

「何者なのでしょう。千勢の文を預かったとやってきたのですが、ほとんど話をしないままに消えてしまいました」

やつらしいな、と直之進は感じた。

「千勢どのと親しくしている男なのは、わかっています」

「なにをしている人なのです」

直之進は首をひねった。

「なにを生業にしているのか、それがしは存じませぬ」

嘘ではない。今、なにで食っているのか、直之進にはさっぱりだ。

「堅気なのでしょうか」

「だと思いますが」

少なくとも、殺し屋はやめている。真っ当になろうとしているのではないか。

「千勢はあの人を好きなのでしょうか」

直之進は告げるべきなのか、迷った。いや、こういうことは千勢か、佐之助がじかに紀美乃にいうべきだろう。

「それがしにはわかりませぬ」

「さようですか。江戸では千勢に会ったりしているのですか」

「ときおりですが」

最近では、滅多に会うこともなくなっている。

「直之進どの、またも勝手を申しますが、娘のことをよろしくお願いいたします。できるだけ見守ってやってください」

「承知いたしました」

間髪容れずにはっきりといった。

直之進は茶を飲み干した。代を払おうとしたが、紀美乃にとめられた。

「いや、しかし」

「よいのです」

紀美乃がはかなげな笑みを浮かべた。

「次は、直之進どのがご馳走してください」

「必ず」

直之進は立ちあがり、紀美乃に向き直った。

「では、これにて失礼いたします」

深々と頭を下げてから、直之進は一人、歩きはじめた。

誰か知った者に会うのではないか、という期待と恐れが入りまじった気持ちで道を進んだ。

しかし誰にも会うことなく、屋敷に戻ってきた。ほっとした感のほうが強い。

門はひらかれている。くぐると、欽吉が駆け寄ってきた。血相を変えている。

「どうした」

「例の倉田佐之助さまが」

「来ているのか」

「はい」

欽吉が濡縁のほうを指さす。

佐之助は濡縁に腰かけ、のんびりと茶をすすっていた。

「よお」

片手をあげ、笑みを見せた。真夏を思わせる明るい笑顔だ。

直之進は一瞬、立ちすくんだ。

二

「湯瀬、いつ帰ってきた」

答えずに湯瀬直之進が佐之助の前に立った。

「なに用だ」

湯瀬がとがめるような口調でいう。

「別に用というものはない。おぬしが帰ってきているような気がしてな、やってきただけだ」

湯飲みを傾け、茶を喫する。

「俺の勘はよく当たるからな。それにしても、沼里の水でいれた茶はうまい」

湯瀬も喉の渇きを覚えたらしく、欽吉に茶を頼んだ。欽吉が早足で二人の前から消える。

「いつまでも突っ立っておらんで、腰かけたらどうだ」

佐之助の言葉にしたがうのは業腹《ごうはら》そうだったが、湯瀬はやや距離を置いて濡縁に尻を預けた。

「用はないといったが、話したいことはあるんだ」

佐之助は湯瀬にいった。

「なんだ」

「又太郎どのの命が狙われている」

「そのことを話しに来たのか」

「ふむ、もうわかっているようだな。だからこそ沼里に帰ってきたか。なかなかいい町ではないか。鰻もうまかったぞ。——いつ城に行くんだ。又太郎どのに、帰ってきたことを告げねばならぬのだろう」

「じきだ」

「俺が来たことで、遅くなるな。邪魔をしたか」

「お城にいらっしゃるのなら、まず襲われることはあるまい」

「外に出たときが危ない、とおぬしも踏んでいるわけだな」

そうだ、と湯瀬がいった。佐之助はうなずいた。

「すべての黒幕は堀田備中守ということだったな。あの顔のがらりと変わる男が沼里に来ているのを知っているか」

「そうだろうと思っていた」

「俺はやつに襲われた」

「どこで」

「参光寺という寺だ」

湯瀬が少し考えた。

「竹寿丸どのが預けられた寺か」

湯瀬が目をあげ、佐之助を見つめる。深海を思わせる瞳の色で、この男の持つ聡明さが感じられた。

「俺が参光寺に忍んだ理由はわかるな」

ああ、と湯瀬がいった。

「又太郎さまを亡き者にしたあと、堀田備中守が後釜に据えるのが竹寿丸どのと見て、探りに行ったのだな」

「そうだ。おぬしもかなり考えたようだな」

「考える時間だけは、たっぷりあったものでな」

なにをいっている、と佐之助は一瞬、思った。そうか、と気づく。沼里に来るのが遅れたのは、やはり湯瀬の身になにかあったからだ。

佐之助は湯瀬が左肩をかばっているのを、覚った。これまでも動きがどこか不自然だった。

「怪我をしているな。やられたのか」

ああ、と湯瀬が苦い顔を見せる。経緯を話した。

「鉄砲でやられたか。傷を見せてみろ」

湯瀬がじっと見ている。いきなり諸肌《もろはだ》を脱いだ。

傷口が盛りあがっている。縫った跡だ。すでに抜糸はされている。

「かすり傷に近いようなものだが、医者が相当いい腕だったな。完璧に近い治療といっていい。それだけじゃない。おぬしの治ろうとする力もすごいな」

「それは医者にもいわれた」

「でなければ、こんな短時日で糸を抜けるはずもない」

湯瀬がうなずく。

「これならもう大丈夫だな。案ずる必要はない」

「とうにわかっていたさ」

「それなのに、俺に傷を見せたか」

湯瀬が無言で着物を着直した。

欽吉が茶を持ってきた。すまぬな、と湯瀬が湯飲みを受け取り、一口すする。

「参光寺で、あの顔のがらりと変わる男に狙われたといったな。おぬしが狙われたというくらいだ、背後を取られたのではないか。よく逃げ切れたものだ」

「必死さ。走って走って、とうとう狩場川に飛びこんだ。箱根で流れに身を投じたおぬしと変わらぬ」

「やつはそれ以上、追ってこなかったのか」

「ああ。きっと刀が濡れるのを嫌ったんだろう」

「そうか」

湯瀬が軽く息をついた。

「参光寺では、なにか得るものがあったか」

「なにも。ただ、竹寿丸を担ごうとしている顔触れだけはわかった」

佐之助は四人の名を告げた。

湯瀬が目を見ひらく。

「元家老と元中老が一人ずつ、あとは元大目付に元勘定奉行だ。実力者ぞろいといっていい。いずれも宮田彦兵衛の一件で、今、冷や飯を食わされている者ばかりだ。又太郎さまのことだ、いずれときを見て重用《ちょうよう》するおつもりだと思うが、お心は通じなかったということか」

「老中首座の威力ということか。目先の利に目をくらまされたわけ者たちだ。これから先、堀田に利を吸いあげられるだけだというのに、そのこともろくに見えぬ連中だ。だが、それだけの家臣が敵方にまわったとなると、又太郎どのは不利か」

「そうでもあるまい。こちらは現家老や中老ばかりだ。だが、もし万が一があれば、確実に瓦解《がかい》するだろうな」

万が一か、と佐之助は思った。その意味することは一つだ。

「誠興どのの法要が行われるのを知っているか」

佐之助はきいた。

「ああ、三日後か。江戸の上屋敷の者にきいている」

「そこで又太郎どのが狙われると思うか」

「十分すぎるほど考えられる。おそらく又太郎さまは今、他出を禁じられているはずだ。寵臣の中老と使番が殺された以上、次は誰が狙われるか、明白だ。筆頭家老の大橋民部さまあたりに、とめられているにちがいない。又太郎さまはきっとじりじりなされていると思うが」

　佐之助は腕組みをした。

「どうやって狙ってくる」

「わからぬ。称蔭寺を一度、見てみぬとな」

「称蔭寺か。沼里のあるじの菩提寺だったな。いい寺なんだろう」

「ああ、由緒《ゆいしょ》のある、かなり古い寺だ。沼里では一、二を争う大寺でもある」

「では、ひそむところはいくらでもあるということだな」

「ああ」

「しかし、又太郎どののまわりには家臣の壁ができているはずだ。やつがいくらすさまじい遣い手といっても、そうたやすく又太郎どのに凶刃《きょうじん》が届くとは思えぬ」

「その通りだ」

　湯瀬が相づちを打つ。

　湯飲みを空にして、佐之助は濡縁から立ちあがった。

「称蔭寺に行くのか」

　湯瀬が見あげてきた。

「ああ。おぬしはどうする」

「これから城にあがる」

「又太郎どのからしっかりと話をきいてくることだ。どこまで危機を把握しているか、気になる」

「うむ」

湯瀬が力強く顎を引いた。

「湯瀬、一つ、頼みがある」

「申せ」

「刀を貸してくれ」

湯瀬が驚く。

「丸腰なのか」

「まあな。やつに襲われたとき、放りだしちまった」

「しばし待て」

湯瀬が立ち、濡縁から座敷へと入っていった。すぐに戻ってきた。

「これでよいか」

差しだしてきた。佐之助は受け取った。ずしりとくる。

抜いてみた。刀身を光にかざす。

「うむ、いいな。伝来の刀か」

湯瀬が苦笑してみせる。

「それほどのものではない。以前、俺が宮田彦兵衛に仕えていたのを話したか」

「きいてはおらぬが、知っている。宮田のときはいろいろあったからな、おぬしのことはかなりのことが耳に入ってきた。影の者のようなことをしていたときいたぞ」

「その通りだ」

「宮田からもらったのか」

「そういうことだ」

佐之助は刀を鞘におさめた。

「宮田はいいものをくれたな。けっこうな目利きだったのではないか」

「かもしれぬ」

「では、これは借りてゆく」

「返す必要はない」

「そうか。ならば、いただいておく。湯瀬、ではな」

佐之助は庭を歩きだした。こうして背中を堂々と見せられるようになったのが、不思議な気がする。もっとも、敵対していても、あの男はうしろから襲ってくるような真似は決してするまい。

「倉田」

湯瀬が呼びかけてきた。

「道はわかっているのか」

佐之助は振り返った。むろん、と答えて頭を指先で叩いた。

「ここに入っている」

夕暮れが間近だった。湯瀬家の門を出た佐之助は歩を運びつつ、徐々に橙色に染まってゆく空を見た。

きれいだな。

橙色の濃さが、江戸とは異なるような気がする。

佐之助は道を西に取った。沼里には浮島沼という大きな沼がある。沼里という呼び名は、この沼からきているといわれる。

称蔭寺はこの沼の近くに建っている。大きな瓦屋根が、やや弱くなった陽射しをはね返し、鈍く光っていた。

あれだな。

佐之助は足を急がせた。

屋根が見えているにもかかわらず、寺はなかなか近づいてこなかった。屋根が見えてから山門の前までたどりつくのに、太陽は目に見えて低くなった。空は赤に近くなった。

左手に広大な沼が見えている。一面、水というわけではなく、いたるところに小島のようなものがあり、その上には木々が生えている。あれが浮島沼の名の由来となっているのだろう。

おびただしい水鳥が水面で羽を休めているのが見えた。鳴きかわしつつ、佐之助の頭上を飛んで沼へ帰ってゆく鳥も多い。住みかを目指しているのだろう。

鳥たちを見送って、佐之助は山門をくぐった。

両脇に阿吽像が建っている。名のある仏師が彫ったのか、迫力ある仏像だ。特に目に迫力があった。

境内に足を踏み入れる。屋根が見えていた本堂が正面にある。

見あげるような巨大さだ。鰻屋の冨久家の者に、江戸へは寺見物に行くといいといったのが気恥ずかしくなる。
右手に鐘楼が建っている。階段がついていた。つり下がっている鐘も大きい。
撞木も太くて長い。何人もの僧侶が束になって撞く類の鐘だろう。
境内には侍がいた。それもかなりの数だ。どうやら三日後に迫っている法要の
支度に追われているようだ。
胡散臭げな目で見られた。
ちっ。舌打ちが出た。
これでは境内をすべて見てまわれない。
仕方あるまい。
佐之助は再び本堂に目を向けた。
沼里のあるじだった男の法要を執り行うのにふさわしい大きさだろう。
だが、この寺で又太郎を果たして狙えるものか。
佐之助は、自分が又太郎を殺すつもりになってあたりを見まわした。
刀をつかって殺すのは、まず無理だろう。又太郎に近づくことなど、決してできまい。
ならば飛び道具か。

湯瀬がやられたという鉄砲はどうか。

どこか狙えるところはあるか。

屋根か。

山門をくぐってくる又太郎を狙うのが最適だろう。

だが、狙われていると知っている者が、警戒しないとは思えない。

ならば矢か。

それもぴんとこない。鉄砲よりもっとむずかしいのではないか。矢の利点は、鉄砲と異なり、高い塀を越えて狙うことができることだが、逆に塀のために標的が見えないという不利がある。

それとも火矢か。又太郎が入った本堂を火矢で燃やし、焼き殺す手か。

だが、これだけの大寺だ、焼け落ちる前に楽に脱出できるだろう。外への出口をすべて押さえられれば、焼き殺すこともできるだろうが、うつつの手としては弱いような気がする。

飛び道具ではないのだろうか。もしや本堂を火薬で吹き飛ばすのか。もしそれができるのなら、これだけの大きな建物だ、確実に又太郎を亡き者にできるような気がする。しかし、火薬が本堂に仕掛けられていないか、そのくらいは事前に調べるだろう。

これもちがうか。

となると、毒殺か。

毒を飼うにしても、城中と同じでこの寺にも毒味役はついてくるだろう。それに、又太郎がなにも口にしなかったら、その手立てを取ることに意味はまったくない。又太郎はここでは一切食しないと考えたほうが、無理がなかろう。

となると、どういう方策を立てる気でいるのか。

まさか側近になりすまして又太郎に近づく手か。それもできるわけがない。いくらあの遣い手が顔を自在に変えられるとしても、家中の誰一人として知らない者が側近になりきれるはずがない。

ふむ、わからんな。

この寺で、もしや狙うつもりはないのではないか。

いや、そんなことはあるまい。城中で無理なら、ここでやるしかないのだ。それとも城との往き帰りか。

そのほうが考えやすい。又太郎の乗る駕籠を襲ったほうが、寺で闇討ちするよりは狙いやすいのではないか。

だが、それも又太郎たちはわかっているだろう。万全の手配りをするのではないか。

果たしてどうするのか。

佐之助は首をひねりつつ、山門を出た。

どういう手立てをあの遣い手が取るのか、興味がある。はやく見てみたかった。

日暮れてきて、あたりはすっかり真っ赤に染まっている。振り返ると、沼の水面や木々や草もいっせいに赤くなっていた。

美しいな。

佐之助はまたも思った。

千勢はこういう土地で生まれ育ったのか。江戸も悪くないが、俺もこういうところで生まれたかったな。

旅籠に戻る道を取りはじめた。

寺から一町ほど行ったところで、十人ばかりの侍に取り囲まれた。

なんだ、こいつらは。

佐之助は立ちどまり、一人一人の顔を見ていった。

見覚えのない連中だ。沼里の家中の者たちであるのは、確かなようだ。

「倉田佐之助だな」

正面に立つ年老いた侍にいわれた。この男が指揮をしているようだ。

どうして本名を知っているのか。

佐之助は見返した。やはり知っている顔ではない。

侍たちはいずれも、鉢巻をし、襷《たすき》がけをし、股立ちをあげている。戦いの格好だ。

この俺とやり合おうというのか。あの顔ががらりと変わる男の命か。

いずれもたいした腕ではない。

「藤村円四郎を覚えておるか」

円四郎だと、と佐之助は思った。

「倉田佐之助、きさまが仇ときいた。まちがいないな」

誰にきいた、と佐之助は問いかけそうになった。決まっている。あの顔のがらりと変わる男だ。

侍たちが抜刀する。

倒すのは造作もない。斬らずとも、ほんの数瞬で叩きのめせるだろう。

しかし、それも今の佐之助には避けたいことだった。

ここは三十六計逃げるにしかず、だな。

佐之助は体をひるがえした。

「待て」

侍が叫ぶ。全員が追ってきた。

しかし、足のはやさは佐之助のほうがはるかに上だった。しかも空が暗くなり、闇が濃くなりはじめていた。

夜の衣に抱かれるようにして、佐之助は町なかに走りこんだ。うしろを見ると、すでに追ってきている者はいなかった。


同じ頃、直之進は又太郎のそばにいた。

城内の御殿と呼ばれる建物だ。対面所である。

「よく来た、直之進」

一段あがった場所にいて、脇息に腕を置いている又太郎は満面の笑みだ。

「俺は、そちのことばかり考えていた」

「それがしも殿のことばかりを」

「うまいことをいう」

「とんでもないことにございます。本心にございます」

「そうか」

又太郎が感激の面持ちになる。

「そのために、わざわざ江戸から駆けつけてくれたのだからな」

対面所は人払いしてある。又太郎が身を乗りだした。

「直之進、俺はどこで狙われると思う」

「一つでございましょう」

「うむ、直之進も同じか。どのような手立てを取る」

直之進はかぶりを振った。

「いろいろ考えましたが、さっぱりわかりませぬ」

「俺も同じよ」

又太郎が鼻の横を指先でかく。

「称蔭寺ではないのかな。法要で狙うように思わせておいて狙わず、俺の気がゆるむのを待つ」

「それがしもそのことを考えましたが、どうもちがうような気がいたします」

「うむ。俺もしっくりこんのだ」

又太郎が脇息にもたれる。

「ここは出方を見るしかないか」

「不安でございますが、それしかないかもしれませぬ」

ふう、と又太郎が太い息をついた。

「仕方あるまい。ここは黙って法要を待つことにするか」

三

ついに法要の日がきた。

弘之助にとって待ちに待った日だ。

いよいよか。

滝上弘之助はわくわくしている。心の高ぶりを静められない。

人を殺すというのは、やはりいいことだ。これ以上の快楽はない。

そばに島丘伸之丞がいる。じっと見ている。

「まだ気にしているのか」

弘之助はきいた。

「うむ」

悔しげに伸之丞が答える。

「気にせずともいい、と何度も申しているではないか」

「しかしな」

伸之丞が唇を嚙み締める。

「やつを探しだせなかった」

「仕方あるまい。箱根は広い。湯瀬直之進の始末ができなかったことで、おのれを責めることはない」

「その言葉はありがたいが」

「あそこで殺せなかったことが一番のしくじりよ。三人の放ち手を用意しておきながら、失敗した。放ち手の腕が悪かったせいではなく、ただ単に湯瀬が命冥《いのちみょう》加《が》だっただけよ」

伸之丞が顔をゆがめる。

「やつは本当にしぶとい。なにか守り神がついているとしか思えぬ」

「本当についているのかもしれぬ」

弘之助は深くうなずいた。伸之丞に問う。

「織田信長の話を知っているか」

「戦国の頃の武将のか」

「そうだ」

「話というと——。信長にはさまざまな逸話が残っているらしいではないか」

「そのうちの一つよ。鉄砲の話だ」

「きいたような気もするが」

「杉谷善住坊《すぎたにぜんじゆぼう》という男だ」

「何者だ」

「正体は今もって不明よ。甲賀忍者、猟師、紀州の鉄砲放ちなどといわれている」

「ほう」

「鉄砲放ちとしてすばらしい腕だったのは確かなようだ。信長を狙い撃ったのは依頼されたからといわれているようだが、定かではない。とにかく善住坊は、距離がほんの十間ほどしかなかったのに、信長を殺し損ねた」

「どうしてはずした」

「その理由もわかっておらぬ」

弘之助は伸之丞に告げた。

「本能寺で明智光秀に襲われるまでは、織田信長はとにかく悪運が強かったとしかいいようがあるまい」

「湯瀬も同じだというのか」

「信長とくらべるのはどうかと思うが、同じように悪運が強いというのは、十分に考えられる」

「なるほど」

伸之丞がうなずき、きいてきた。

「善住坊はその後、どうなった」

「信長によって徹底して探しだされ、ついにつかまった。鋸引《のこぎりび》きにされたそうだ」

「鋸引きか」

自分がそうされたかのように、伸之丞が首を縮める。

「湯瀬もひっとらえ、そうしてやりたいものよ。そんなことができたら、どんなにうれしいものかな」

「俺もそう思う」

仲之丞がまたも悔しげに唇を嚙んだ。

「やつには、何度も煮え湯を飲まされた。鋸引きなどときがかかることはせず、素っ首を叩き斬ってやりたいほどだ」

強い口調でいった。

「そういきり立つな。いきり立っていいことなど、一つもない」

「あともう一人いる」

仲之丞が弘之助の声がきこえなかったような顔でいう。

「誰かな」

「倉田佐之助よ。あの男もこれまでさんざんに邪魔してくれた」

「殺したいか」

「当たり前だ」

「それだったら、すまぬことをした」

「どうしてそのようなことをいう」

「この前、やつを殺し損ねたからだ」

「なに」

仲之丞が腰を浮かせる。

「説明しろ」

弘之助は笑って仲之丞のいう通りにした。

「背後を取ったのに、殺《や》れなかったのか」

いかにも無念といいたげに、仲之丞が顔をしかめた。

「おぬしらしくもない」

「やつは思った以上にすばしっこい。しかも足がはやい」

「だが最後は狩場川に飛びこまれて、追うのをやめたのであろう。おぬし、まさか泳げぬのか」

「泳げるさ」

「だったらどうして追わなかった」

「水中では刀が振れぬ」

「突くことはできるぞ」

「それだって威力はなくなる。それに、俺は泳ぎがさほどうまくないんだ。倉田はかなりうまかった。とても追いつけるものではなかった。狩場川に逃げこまれたとき、あきらめるしかなかった」

「しかし、逃がしたのは痛いではないか」

「うむ、痛い」

弘之助は認めた。

「まちがいなく、やつが参光寺にやってくると踏んでいたからな。そのとき、必ず殺るもりでいた。だが、しくじった」

「やつも湯瀬同様、悪運が強い男なのか」

「そうとしか考えられぬ。俺が背後を取って逃げ切られたのは、やつが初めてだ」

弘之助は藤村円四郎の一族の者に、仇が沼里に来たことを伝えた。むろん、やつらに倉田佐之助が殺れるはずがない。

これは、倉田の動きをとめるための策にすぎない。しかし、それもろくに効力はないかもしれなかった。

その後、弘之助は一人で隠れ家を出た。隠れ家は沼里を見おろす鹿抜山の麓にある。深い木々のなかに隠れるようにひっそりと建っている。商家の別邸といった趣だ。

仲之丞には、隠れ家から動かぬように命じた。いかにも不満げだったが、仲之丞はしたがった。

弘之助は北を目指して歩いた。青瀬橋という沼里唯一の橋を渡る。東海道に出た。西に沼里城が見えている。まだ午前の五つすぎだが、太陽はすさまじい熱を放っている。地上のもの、すべてを焼き尽くす勢いだ。行きから旅人たちはあきらめ顔で、汗水垂らして歩いている。

今年は本当にいつまでも暑い。天上に住む者が、季節を次に進めるのを忘れてしまっているのではないか。

いつもなら日ごとに秋めいてゆくのが当たり前なのに、今年はそうはならない。

まったく、とつぶやいて弘之助は空を見あげた。

いつまで暑いんだ。俺はもう飽き飽きしているぞ。せめて秋らしさを感じさせるようにせぬか。

弘之助は天に向かって唾を吐いた。しかし唾は自分の顔に落ちてこなかった。

「ふん、ことわざもいい加減なものよ」

天に向かって唾を吐く、というのは、人を害しようとして、逆におのれの身に災いをもたらすことをいうが、今の自分にそんなことが起きようはずがなかった。

必ずうまくゆく。

やつらはもう用意ができているだろうか。

きっとできているはずだ。あそこまでは、又太郎たちの目も届くまい。

必ず成功するにちがいない。

だが、又太郎が見えないという短所もある。成功の見込みは五分五分というところか。

もし仮にしくじったとしても、二の矢がある。二の矢は、この俺がきっと成功させてみせよう。

歩き続けて、弘之助は称蔭寺のそばまでやってきた。浮島沼の水面が日の光を浴びて、きらきらと輝いている。ほとんどの水鳥は水に浮かんで羽を休めているが、暑さを避けてか、浮島に生える木々の陰に移っているのもかなりいた。

うむ、やつらはすでに配置についているようだな。

弘之助は満足した。

称蔭寺には大勢の侍がいた。今日は誠興の法要に参列する者以外は、境内に入ることを許されていない。

侍のほとんどは、又太郎の警護を行う者たちだ。さすがに多い。五百人近くはいるのではないか。

これだけの警護の者がいるなかに斬りこむのは、自死を選ぶも同然だ。

むろん、弘之助にそんなたわけた真似をする気はない。

又太郎が来るのはいつなのか。誠興の法要がはじまるのは四つ半ときいている。その前に必ずやってくるだろう。

よし、ここまでだな。

弘之助は称蔭寺のそばを離れた。西に向かって足早に歩きはじめる。

四

「直之進」

又太郎に呼ばれた。

「はっ」

直之進は駕籠に寄った。少し顔を近づける。

「変わった様子はあるか」

直之進はやわらかくかぶりを振った。

「今のところはなにも」

「そうか」

駕籠の窓が小さくひらく。又太郎の目が見えた。

「直之進、俺は怖くてならぬ」

直之進は、駕籠のなかで光る二つの瞳をじっと見た。

「命を狙われるのはこれで二度目だが、怖さには一向に慣れぬ。直之進、俺を小心者と笑うか」

「滅相もない」

直之進はきっぱりといった。

「怖さを感ずるのは、人として当然のことでありましょう。しかし殿、見た目には平然とされているように見えまするぞ」

「精一杯の虚勢よ」

又太郎が微笑してみせる。

「しかし、直之進がそばについていてくれる。これが一番大きいな」

あるじが厚い信頼を寄せてくれている。家臣として、これ以上のことはない。感激で直之進は胸が熱くなった。

きっと殿を守り抜いてみせる。

直之進は、知らず鯉口を切りかけていることに気づいた。

「直之進、なにか感じたか」

「いえ、なにも」

「そうか。あまり力むなよ。しかし、剣のことでは俺は素人も同然だ。これでは、手習子がお師匠にえらそうにいっているのと変わらぬな」

「そのようなことはございませぬ」

「それにしても直之進、いい刀を帯びておるな」

「殿にいただいた御刀でございます」

「使い勝手はよいか」

「はい、これほどの刀、これまで手にしたことはございません」

「人を斬ったか」

「いえ」

だが、今日は斬ることになるかもしれぬ。

直之進の脳裏に見えているのは、あの顔ががらりと変わる遣い手だった。

「そうか」

又太郎が低い声でつぶやいた。

駕籠はゆっくりと進んでいる。城を出て五町は来た。ちょうど道のりの半分ばかりは来たことになろうか。

綿をちぎったような雲がいくつも空に浮かんでおり、それがゆっくりと風で北へと流されているが、駕籠が行くはやさはそれとたいして変わりはない。

「直之進、敵はどういう手立てを取ってくるかの」

又太郎が小さな声でいった。

「前も同じ問いをしたが、俺は気になって仕方ないのだ」

「それがしも襲撃する側に立って、いろいろと考えましたが、なにを考えても殿を亡き者にする方法にはたどりつけませんでした」

「直之進もそうか」

又太郎がちらりと前方に視線を投げた。

「寺は見えるか」

「はい、本堂の屋根がずいぶん前から見えております」

「あの屋根は目立つからな。あれだけの瓦屋根は、江戸にもそうはないぞ」

「御意」

それからしばらく又太郎は無言だった。

「直之進」

「はっ」

「そちから知らされた四人のことだが」

元家老、元中老、元大目付、元勘定奉行の四人のことだ。いずれも健次郎房興の側についている。

「今のところ、なにも出てこぬ。むろん、四人とも今日の法要には参列することになっている」

「さようでございますか」

「ただ、大目付から気になる報告があがってきている」

「どのようなものでございますか」

「四人の家臣をすべて合わせると、八十人近くになる。それが昨日から姿を消しておるそうだ」

それだけの人数がいなくなっているというのか。まさかこの行列に斬りこむつもりではなかろうな。

しかし、駕籠を守る人数のほうがはるかに多い。百三十人といったところだ。しかも遣い手ぞろいである。八十人ばかりでは、勝ち目はない。

「なにをする気かな」

わからないと答えるのは自らの無能ぶりをさらすようで、避けたかったが、ほかにいいようがなかった。

「そうか、直之進でもわからぬか」

「申しわけなく存じます」

「かまわぬ」

ようやく称蔭寺の前までやってきた。又太郎の乗る駕籠はこのまま山門を抜け、本堂近くまで運ばれることになっている。

直之進はあたりに気を配った。妙な動きは目に入ってこない。今のところ、なにごともない。

駕籠が、見事な阿吽像の立つ山門を抜けた。阿吽像の陰も、人が入りこんでいないか、事前に調べられている。

駕籠は境内に入り、まっすぐ北へと進んでゆく。

広いな。

直之進はあたりを見まわして思った。この寺に来るのは沼里に戻ってきてから三度目だが、さすがにあるじの菩提寺だけのことはある。山門から本堂まで、半町ほど石畳が敷かれている。境内はまわりを高い塀に囲まれ、近くに鉄砲で狙撃できる場所はない。むろん、本堂の屋根の上にも人がいないことは確認ずみだ。

それにしても、八十人近くがいなくなったか。

どういうことだ、と直之進は石畳を踏みつつ考えた。しかし、答えは出てこない。

倉田佐之助なら、なにか答えを見つけるだろうか。

今やつはどこにいるのか。殿を守ろうとしてくれているのだろうか。

倉田が沼里に来たのは、あの顔のがらりと変わる男とけりをつけるためだろう。最初の遭遇では逃げまわっただけで、ほとんど敗北を喫したも同然だったようだが、あれしきのことでへこたれる男ではない。しぶとさはすごいものがある。

味方につければ、この上なく頼りになるのはわかっている。

だが、倉田は正直、なにを考えているのかわからないところがある。味方につけるのは、易《やす》いことではない。

そのときだった。いきなり背後で騒ぎが起きた。

直之進は振り返った。

むっ。

山門で侍たちが抜刀している。誰かに斬りかかろうとしていた。

「湯瀬っ」

そんな声がきこえた。

あれは、倉田ではないか。あの騒ぎは倉田が起こしているのか。

どうやら寺のなかに入ろうとして、とめられているようだ。斬りかかった侍は、すべて峰打ちにされているようだ。

直之進としては倉田のもとに走り寄りたかったが、今、又太郎のそばを離れるわけにはいかない。

「どうした」

又太郎がきいてきた。

「襲撃か」

「それが」

警護の侍を峰打ちで倒し、襟首をつかんで投げ飛ばし、さらに顔面を張り倒して倉田が山門をくぐり抜けた。

「湯瀬っ」

また大声で呼びかけてきた。直之進は大きくうなずきを返した。なにか知らせたいことがあるようだ。

「その男を通してくれ」

直之進は警護の侍たちに告げた。最初はまったく通じなかったが、何度も同じ言葉を繰り返すうちに騒ぎはおさまっていった。

「湯瀬っ」

倉田が走りだした。血相を変えているのが、十間ほどの距離を置いていてもはっきりとわかった。倉田としては、かなり珍しいことだろう。

「矢だ」

倉田が叫ぶ。

「駕籠をどけろ」

矢で狙っているというのか。しかし、矢で又太郎を殺すのはまず無理だろう。

待てよ。消えた八十人。それがいっせいに矢を放ってきたら。

直之進が思った瞬間、多くの鳥が飛び立つような音がした。

どこだ。

西からだ。

音からして、かなり近いところから矢は放たれている。距離はほとんどない。

直之進は駕籠に駆け寄った。又太郎を駕籠からだそうとした。

しかし、間に合いそうにない。おびただしい数の矢が降ってきた。

直之進は刀を抜いた。ここはすべて叩き落とすしかない。

矢の群れは、あっという間に眼前に迫ってきた。

直之進は刀を振るった。びしびしと打ち落とす。

数瞬で矢の雨は降りやんだ。だが、すべてを叩き落とすことはできなかった。

何本かは通過させてしまった。

振り返って見てみると、駕籠に二本、突き刺さっていた。足元には無数の矢が落ちている。地面に突き立っている矢も多い。

又太郎の盾となり、六名の警護の侍が矢を受けて倒れている。いずれも、すでに息をしていないようだ。ぴくりとも動かない。駕籠かきも一人が死んでいた。

また矢の放たれる音がした。いったいどこからか。

「浮島よ」

直之進の疑問を察したように、そばに来た倉田がいった。

そういうことか。

直之進は納得した。

「殿」

振り向き、駕籠に声をかけた。

「大丈夫だ、生きておる」

力強い答えが返ってきた。窓がひらいており、二つの目がのぞいていた。この状況を楽しんでいるかのように、生き生きとした光をたたえている。

駕籠を出て本堂に向かって走ったほうがいいのかもしれないが、又太郎に矢が当たることが十分に考えられる。それとも、駕籠かきを励まして駕籠を動かすか。しかし、駕籠かきが一人やられてしまっている。ここはこの場にとどまって、矢を防いだほうがいい。

直之進は瞬時に判断し、刀を構えた。そばに倉田もいる。刀を顔の前にあげている。力を貸してくれるつもりだ。

矢が降ってきた。再び直之進は刀を振るった。矢を的確に叩き落としてゆく。佐之助のほうからも小気味いい音がきこえてくる。

静かになった。矢の雨はもう降っていない。地面におびただしい数の矢が、死んだ鳥のように力なく横たわっている。今度は、死者は一人も出なかったようだ。

「今だ、湯瀬」

倉田がいい、駕籠を指さした。

直之進は又太郎を駕籠からだした。本堂に連れてゆく。ほんの十間がずいぶん遠く感じたが、無事に本堂にのがれることができた。

はっとする。なにかおかしい。直之進は背中にむずがゆいようなものを感じた。

振り返った。山門が目に飛びこんできた。

屋根に誰かいる。

鉄砲だ。

直之進は直感した。距離は半町ばかり。腕のいい鉄砲放ちなら、はずす距離ではない。

直之進は又太郎に躍りかかり、体を浴びせるようにした。鉄砲が放たれる。玉が風を切る音が耳元をかすめてゆく。板戸に当たったのがわかった。

もう一発、放たれた。鉄砲を二挺、用意していたようだ。

これも又太郎には当たらなかった。そばの床板に穴をあけただけだ。

「俺は意外に悪運が強いようだな」

又太郎が、覆いかぶさっている直之進にいった。笑みを浮かべている。

直之進は又太郎のたくましさにうれしさがこみあげてきた。

家臣たちが寺の山門に殺到している。やがて、鉄砲を放った者は屋根から引きずりおろされた。

寺から三百名ほどの侍が出て、西に向かっていった。浮島にいる者たちをとらえに向かったのだ。

又太郎から危機は去ったようだ。直之進は体をどけた。

「ご無礼をいたしました」

「いや、直之進の重さを感じているのも、なかなか乙だったぞ。あのときのおなごの気持ちがわかったような気がした」

その言葉に、直之進は苦笑せざるを得なかった。そばにいる倉田に気づく。
「どうして矢とわかった」
直之進は倉田にただした。
「襲撃は必ずこの寺で行われると踏んで、いろいろと沼里の町を嗅ぎまわってい
た。目についた武具屋に入って、ここ最近なにか変わったことがないかときいた
ら、最近というほどではないが珍しく数張りの弓が売れたというんだ。別の武具
屋でも、同じ声をきくことになった。何者かが弓を買い集めている。どういうこ
となのか、思い当たるのにさしたるときはかからなかった」
「しかし、弓を買い集めたのは最近のことではなかったのに、よくわかったな」
「はやめに弓を買い、どこか人目につかないところで弓の鍛錬をさせたのだろ
う、と見当がついた。買い与えて、すぐにうまくなるものではないゆえな」
「そういうことか。倉田、助かった。ありがとう」
直之進は心から礼をいった。又太郎も感謝の眼差しを向けている。
「きさまに礼をいわれてもうれしくない」
倉田がじっと直之進を見てきた。
「矢を放った者たちのあるじどもも、すぐにとらえられるだろう。房興も殺され

はしないだろうが、命運は尽きたということだろう。——湯瀬、これで終わりと思うか」

直之進はそんな気はまったくしていない。まだなにか仕掛けがあるのではないか。なにしろ、あの顔ががらりと変わる男はつかまっていないのだ。

倉田が直之進の思いを読んでいった。

「どこで仕掛けてくると思う」

「城かな」

これは又太郎だった。

「おそらくな」

倉田が不意に背を向け、石畳におりて歩きだした。

「倉田とやら」

又太郎が呼んだ。

「一緒に城に来てくれぬか」

倉田が振り向く。

「城内までは面倒を見切れぬ。城のなかは堅苦しい。それに、もはや湯瀬一人で十分だろう」

倉田が再び歩きだす。姿はあっという間に見えなくなった。

「直之進、城に戻ろう。父上の法要は延期だな」

本堂のそばまで駕籠が持ってこられた。又太郎が乗りこむ。

直之進は横についた。他の者たちも警護についた。

駕籠かきが一人死んでおり、力自慢の家臣が臨時の駕籠かきとなった。駕籠が持ちあげられ、動きはじめた。


又太郎が外に出ているあいだ、城はほとんどからだったことに直之進は気づいた。あの顔ががらりと変わる男が忍びこむのは、造作もないのではないか。

やつが刺客として、どこかにひそんでいるのか。

沼里城内に入った直之進は、又太郎を奥座敷に落ち着かせると、又太郎の専用の風呂や厠を徹底して調べた。

あの男はひそんでいなかった。人の気配は一切なかった。

ちがうのか。やつはひそんでなどいないのか。

しかし直之進の心には、皮膚に刺さった棘のように引っかかるものがあった。

それがなんなのか、一向にわからないことに苛立ってならない。

なにがあるかわからないので、直之進は又太郎のそばを離れなかった。

夜がきた。直之進にも夕餉が与えられた。

又太郎は大名の習わしで、毒見のされた食事をたった一人でとるのだろう。給仕の腰元は隣の間に控え、又太郎の求めに応じることになっている。

夕餉のあと、又太郎に呼ばれた。今日の出来事などを語り合った。

「それにしても、直之進、ほとんどすべての矢を叩き落としたこと、実に見事だったぞ」

「倉田がおりました。それに、刀がよかったのでありましょう」

「そういってくれるのはありがたいが、もし直之進がいなかったら、俺はもう生きていなかった。礼をいうぞ」

「ありがたき幸せ」

直之進は平伏した。だが、まだ油断するわけにはいかない、という思いはまったく払拭できない。

夜が更けてきて、又太郎が寝るといった。

「直之進、そちの寝所も用意させてある。そちらで寝てくれ」

「承知いたしました」

傍を離れたくなかったが、又太郎の寝所近くの部屋へ、直之進は小姓に案内された。

どういうことなのか。今日はもう襲撃はないのか。

そんな感じはしない。まだ別の手が用意されている。直之進には確信に近いものがある。

直之進は布団の上に座りこんだ。さすがに上質そのものだ。こんなにいい布団には寝たことがない。

目を閉じる。

やはりなにか引っかかるものがある。

なんなのか。

わからない。

肩の傷が今頃になってうずいてきた。これまでずっと怪我をしていたことすら、忘れていた。

痛みはたいしたことはない。だが、だらだらと四半刻ほど続いた。

肩の痛みが消えると、今度は首に凝《こ》りのようなものを覚えはじめた。

目の下に枕がある。

枕か、と直之進はふと思った。最近、枕絡みでなにかあったはずだ。なんだっただろうか。かなり強烈な出来事だったはずだ。

あっ。

直之進は声をあげた。藤沢宿の旅籠での光景だ。人が一人死んでいた。枕に小さな血の跡があった。

あれか。あれは、やはり俺を狙ったのではないか。あのとき、宿のなんらかの都合で、俺の部屋が変わったのではないか。

直之進はすっくと立ちあがった。襖をあけて廊下に飛び出る。

「殿っ」

声の限りに叫び、走った。

間に合ってくれ。

又太郎の寝所とは五間も離れていない。

「直之進」

又太郎の声がきこえた。

よかった。

直之進の全身を安堵の衣が包みこんだ。

襖があく。寝巻に着替えている又太郎が顔を見せた。

「どうした」

「まだお眠りになっていなかったのですね」

「ああ、昼間、あんなことがあって、寝る気になれなかった。書見をしていた」

「さようでしたか。殿、枕を見せていただけますか」

「かまわぬが」

一礼してから、直之進は又太郎の寝所に入った。誰もいない。又太郎は一人で寝ているのだ。

直之進は枕に歩み寄り、かがみこんだ。

枕を慎重に探る。

あった。

心で声をあげた。

枕のなかに、一本の針が仕込まれていた。

「直之進、なんだ、それは」

直之進の指先に光る物をめざとく見つけて、又太郎がきく。

直之進は又太郎によく見えるようにした。

「針だな」

「昼間、殿がご不在の折、忍びこんだ者がいたようでございます」

又太郎が顔をゆがめた。

「毒針か」

「御意」

又太郎が額の汗をぬぐった。

「もし書見をしていなかったら、俺はもうこの世にいなかったか」

まちがいなくそうだろう、と直之進は思った。すぐに、いや、そうではないと思い直した。

「殿は悪運の強いお方にございます。きっと大丈夫だったのではないか、と存じます」

又太郎がにこりと笑った。引きこまれるような爽やかな笑顔だった。

「俺もそう思う」

きっぱりといいきった。

健次郎房興に与《くみ》した家臣は、すべてとらえられた。いずれ極刑に処せられることになるだろう。

いくら温厚な又太郎といえども、それ以外の手段はとれまい。

房興は伊豆に流されることになった。伊豆の河津《かわづ》のほうに沼里領の飛び地があり、そこの寺に行くことになったのである。

もう二度と沼里に戻ってくることはないだろう。すでに護送の者たちに連れられて、旅立ったという。

まだ若いのに哀れだが、これも大名の子に生まれてしまった宿命だろう。家老あたりの家に生まれていれば、聡明らしかっただけにちがう人生を送れていたはずだ。

とりあえず家中の片はついた。

あとは堀田備中守の手の者だ。いったいどこにひそんでいるのか。

直之進は探しだすつもりでいる。

五

倉田佐之助は称蔭寺の一件以来、どこに行ったのか、姿を見せない。まさか江戸に帰ったわけではあるまい。

直之進はあの顔のがらりと変わる男を探し求めた。

しかしたいして探すまでもなかった。ききこみを続けると、鹿抜山のそばの家にひそんでいるのが判明した。

そこには札差の二井屋《ふたいや》を演じていた侍もいた。これは調べによると、島丘伸之丞という男のはずだった。

すでに見つかるのを見通していたようで、二人はすぐに外に出てきた。

二人で直之進を倒そうということらしかったが、島丘のほうはさして遣えないことがわかっている。たいした力になるわけがなかった。

そのまま直之進は狩場川の河原に導かれた。かなり河口に近く、まわりは芦原になっている。

顔のがらりと変わる男が宣するようにいった。

「きさまさえいなければ、すべてうまくいっていた。まったく邪魔な男だ。きさまはきっとこれからも殿の妨げとなり続けるだろう。ここで始末しておいたほうがよい。それに、きさまがいなければ、将来、沼里をまた狙えよう」

そんなことをさせるわけにはいかない。ここは負けるわけにはいかなかった。

「殿というのは、堀田備中守のことだな」

「どうだかな」

直之進は刀を抜いた。

「きさまの名は」

「知りたいか」

男が不敵に笑う。

「滝上弘之助」

「本名か」

「偽りをいったところではじまるまい」

「そっちは島丘伸之丞だな」

伸之丞がかすかに狼狽する。

「今さらうろたえても仕方なかろう。とうに調べはついているんだ」

滝上がちらりと島丘を見てから、抜刀した。島丘が滝上にならう。

直之進はやわらかな土を蹴った。体がしなやかに動くのを感じた。腰が自然にぐっと沈む。

あっという間に間合いに入った。滝上に向けて、刀を振りおろす。

滝上が横によけた。直之進は体をひねり、刀を払った。これも滝上は避けた。

直之進は突きを見舞った。滝上が首をよじってかわす。

直之進は刀を上段から振った。これも空振りだ。

逆胴を浴びせる。手応えはない。

返す刀を胴に持っていった。これもかわされた。

滝上は最小限の体の動きだけで、直之進の刀をよけている。斬撃がはっきりと見えているのだ。

俺の剣が通用しない。

斬撃のはやさには特に自信があっただけに、直之進の衝撃は大きかった。

その心の動揺を見透かしたように、滝上がいきなり反撃に移った。

顔が別人のようにがらりと変わった。本気になった証ということか。

見れば見るほど、これが同じ男とは思えない。

だが、すぐにそんなことを考えている余裕はなくなった。

袈裟斬り、胴、逆胴、突き、上段、下段、と滝上はめまぐるしく刀を振ってくる。どれもすさまじいはやさだ。

直之進は受けることなく、体の動きでかわしていった。だが、ときおりかわし損ねて傷をつくることがある。あまり痛くはなかったが、戦い終えたときにひどく痛みだすのは、わかっている。

それに、どうやら自分の斬撃が本調子でないのも、直之進のなかではっきりしてきていた。

やはり左肩の傷が影響しているのだ。うまく左半身をつかえないために、斬撃の伸びを欠いているのである。

どうする。このままでは勝ち目がないぞ。

反撃もろくにできないままに、直之進はずるずるとうしろに下がり続けた。

またも受け損ね、腕に痛みが走った。

妙だ。

受けているはずなのに、刀が鎌のように曲がりこんでくる。

これはなんなのか。

きっと手首と肘が異様にやわらかいのではないか。

しかしこれは厄介だ。きっと使番の立花琴四郎もこの剣で一撃にされたのだろう。

直之進はただうしろに下がるだけになってしまった。

「だらしないぞ、湯瀬」

刀をきらめかせて、あらわれたのは倉田佐之助だ。

「いくら鉄砲傷を負っているからといっても、軽かったはずだ。ていたらく以外のなにものでもない」

直之進はなにもいえなかった。倉田が来てくれたことが、ひたすらうれしかった。

倉田は滝上と相対した。激しくやり合いはじめた。

直之進は、倉田の助太刀のような格好になった。

倉田が手にしているのは、直之進が与えた宮田彦兵衛の刀だ。さすがにかなりの業物に見える。

滝上の顔はさらに迫力を増し、まるで悪鬼のようだ。顔が真っ赤になり、筋肉が鋼のように張っている。

対する倉田も闘志がみなぎっている。気迫は形として見ることができないが、まるで波のような力をもって直之進に激しくぶつかってくる。滝上に向けられている気迫は、もっとすさまじいものだろう。並の者なら、立っているのもむずかしいかもしれない。

倉田は滝上とのけりをつけにこの地に来たのだ。必ず殺すとの思いは、滝上を上まわっているにちがいない。

倉田が仕掛けた。刀を上段に持ってゆき、振りおろした。目にもとまらぬ早業だ。

だが滝上はあっさりとよけた。直之進にも見せた、わずかな体の動きだけでよける技だ。

倉田が胴に振る。これも滝上は軽々と避けた。

倉田が逆胴に持ってゆく。滝上は顔を振っただけでかわした。

倉田がかすかに踏みだして、小手を狙った。それも空振りだった。

倉田が小手から一気に突きへと刀を変化させた。滝上は首をねじった。刀が首の真横を通りすぎてゆくのは、直之進のときと同じだ。

だが、倉田は手首を鋭くひねった。刀が返され、滝上の首に向かって小さく振られる。

首を刎《は》ねるだけの威力はむろんないが、宮田彦兵衛がくれた業物だ、軽くはない傷は確実に与えられる。

それを覚って滝上が体を下げる。だが、遅かったようだ。滝上の頬に傷がぱっくりと口をあけた。

「おのれ」

痛みを感じて、滝上が憤怒の形相になる。

「殺す」

刀を振りおろしてきた。それを倉田がかわす。

さらに袈裟斬りを見舞う。倉田は一歩下がって、避けた。

滝上が追い、突きを繰りだす。それも倉田はよけた。

「おのれ、ちょこまかと」

滝上は怒っているように見えるが、足の運びは実に冷静だ。確実に倉田との間合を縮めようとしている。

しかし倉田はそれを許さない。こちらの足さばきもすばらしい。つい見とれてしまうほどだ。

直之進は、こうしている場合ではないな、と我に返った。

見ているだけでは仕方ない。ただの間抜けだ。

同じように戦いに見とれているらしい島丘伸之丞の姿があった。

こいつをとらえなければ。

直之進は刀を手に近づいていった。島丘はたいして遣えないのがわかっているとはいえ、刀を握っている以上、なにがあるかわからない。油断はできない。

直之進に気づき、島丘がまずいという顔になる。下がろうとした。

そのとき、刀と刀のぶつかり合うすさまじい音がした。直之進と島丘は同時に目をやった。

倉田と滝上は鍔《つば》迫《ぜ》り合いになっていた。互いに力の限りを尽くして押し合っている。二人とも、顔から汗がだらだらと流れはじめていた。

これだけ汗をかく倉田を、直之進は初めて見た。

押し負けたほうが、この戦いの敗者となる。これだけ実力が拮抗《きっこう》していれば、そういうことに確実になろう。

滝上が押しはじめた。最初は動かなかったが、堰《せき》が切れたような感じでじりじりと倉田が下がってゆく。

なおも滝上が押す。倉田は踏ん張ろうとしているようだが、滝上のほうが力は上で、両足が深い溝を土につくってゆく。

まずい。

直之進は思った。助太刀しようかと考えたが、なんとなく倉田がそれを望んでいないような気がして、その場にとどまった。

この気持ちはきっと誤りではないだろう。倉田の思いが伝わってきているのだ。

倉田は押され続けたが、一間ばかり下がったところでぴたりと動かなくなった。

滝上は必死の顔だが、倉田は今、平静な表情をしている。

今度は倉田が押しはじめた。滝上が、戦いをあきらめた力士のようにずるずると後退する。

滝上は今にも突き放されそうだ。突き放されたが最後、倉田の刀がきらめき、滝上は体を両断されるだろう。

それがわかっているから、滝上は鍔迫り合いをやめようとしない。

「きさまぁ」

力を振りしぼって滝上が倉田を押す。倉田がその瞬間、横にどいた。

いきなり支えをはずされたようなもので、滝上がたたらを踏む。踏みながら、刀を右手一本で振り抜いた。

冷静に倉田はよけ、袈裟斬りを滝上に浴びせた。

滝上の体からは血しぶきが飛ぶはずだったが、なにも起こらなかった。滝上は体をひねることでぎりぎりかわしていた。

あの体勢でそこまでできるとは、なんとしぶとい。

直之進は舌を巻いた。

だがこれで倉田が主導権を握ったのは、確かだ。

斬撃が勢いを増す。

だが、それをことごとく滝上がかわしてみせる。なんという身のこなしか。まるで柳のように体を動かしている。刃が当たっても、肉が切れないのではないか、と思わせるほどのしなやかさだ。

倉田は、しかしこの好機を逃がすつもりはないようだ。刀の振り方から、反撃の糸口を与える気はさらさらないのがわかる。とにかく斬撃が速く、次の振りおろしに移るまでの間もまた速く、付け入る隙がまったくない。

倉田は腕を確実にあげている。もし今の倉田とやり合ったら、確実に負けるのではないか。

直之進はそんな恐れを抱いた。

いや、そんなことはない。俺も腕はあがっている。

倉田が袈裟斬りを見舞う。ついによけきれなくなったか、滝上が刀で弾き返す。鉄の鳴る音があたりに響き渡る。

倉田の腕がかすかにあがった。そこに隙ができた。滝上がすかさず胴を狙う。

だが倉田がわざとつくった隙だった。かろやかに体を動かして刀をかわし、滝上の肩に向けて刀を打ちおろした。

予期していたのか、これも滝上は避けた。すぐさま右手一本で刀を振ってきた。

それで一瞬、倉田は踏みこみが遅れた。滝上が体勢を直す。

倉田はかまわず突っこんだ。上段から刀を振りおろす。滝上は体を沈め、逆胴に刀を繰りだした。

ぎりぎりでよけて、倉田が刀を突きだした。槍のように伸びる。

それを滝上はかろうじてかわした。背をそらしたような無理な格好から胴に刀を払う。

倉田はそれを跳びあがってよけ、真っ向から斬撃を浴びせた。

これを滝上は負けじと打ち返した。

そんな戦いが延々と続いた。どちらも体力が限界に近づいているのではないか。

島丘は倉田と滝上の死闘を呆然と見ている。

直之進自身、なにもせずでくの坊のように突っ立っているのが、どうしようもないたわけに感じられた。

しかし二人のあいだには入れない。今は倉田が、俺にまかせろ、と強く念じてきているからだ。

やつには滝上を屠る自信があるのだ。

それならば、まかせるしかなかった。

戦いの場は徐々に狩場川の流れのほうに近づいてゆく。

直之進はただ離れないように二人を追い続けた。

戦いは膠着しているように見えたが、再び倉田が勢いを増しはじめた。

なにが倉田をしてここまでがんばらせているのか。

千勢か。千勢の故郷で負けられぬ、と強く思っているのではないか。

きっとそうにちがいない。女というのは、ときに男に信じられない力を与えることがある。

湯瀬、来い。

そんな言葉がきこえたような気がした。直之進は、激しく刀をまじえている二人に近づいていった。

倉田の強烈な袈裟斬りが滝上を襲う。滝上はかろうじて弾いた。

倉田はさらに袈裟斬りを見舞った。それも滝上が刀で受け流した。

なおも倉田が袈裟斬りを落としていった。これも滝上は刀で払おうとしたが、その瞬間、体がぐらりと傾いた。足がやわらかな土にはまったのだ。

しまった、という顔に滝上がなった。

必死に逃れようとする。

「逃がすか」

倉田が渾身の力をこめた刀を胴に払った。

鈍い音がした。

着物が破れ、そこから赤黒い肉が見えている。肉が割れ、血が噴きだした。臓《ぞう》腑《ふ》もどろりと垂れてきた。

ああっ。声をあげ、滝上が臓腑を手にする。どろりと血が地面にしたたり落ちる。

「なんてことだ」

絶望の声を発した。

「きさまぁ」

力を振りしぼり、臓腑を投げつけてきた。

倉田はあっさりとよけた。臓腑が地に落ちると同時に、滝上が倒れこんだ。

臓腑からはひどいにおいがした。

泥に体と足が埋まっても、滝上は立ちあがろうともがく。その動きは死にかけている蜘蛛《くも》のように見えた。

やがて滝上は動かなくなった。這いつくばり、目を大きくあけていた。

「やったな」

背後から声がした。見ると、琢ノ介が駆けてきたところだった。

直之進は信じられなかった。どうしてここに琢ノ介がいるのか。

「なにをそんなに驚いているんだ」

「驚くに決まっているだろう」

琢ノ介がそばに立つ倉田を、気味悪さと恐れのまじった目で見る。それから口を直之進の耳に寄せてきた。

「どうして一緒に戦っていた」

「敵が同じだからだ。それに、ともに戦うのはこれが初めてではないぞ」

「そうだったか。そいつは知らなんだ」

直之進は、おきくがいることに気づいた。

おきくは青い顔をしている。人が殺された瞬間を目の当たりにしたのだから、当然だろう。

おきくが近づいてきた。ぽろぽろと涙をこぼしはじめた。

「よかった、ご無事で」

しぼりだすような声でいった。

「直之進さまのことが心配でたまらず、平川さまに頼んで、連れてきてもらいました」

「そうだったのか」

「直之進、安心しろ、わしは一切、手だしをしておらぬ」

おや、と琢ノ介が声を発した。

「あの男、消えちまった」

芦原からうめき声がきこえた。

「なんだ、あれは」

直之進はおきくにここにいるようにいって、琢ノ介と一緒に見に行った。

島丘伸之丞が両手両足に縛《いまし》めをされて、土の上に横たわっていた。

「倉田佐之助のやつ、いつの間に。味な真似をしやがるな」

琢ノ介が感心したようにいう。

「琢ノ介、全部見たのか」

「むろん、一部始終を見ていたさ」

「そうか」

「それにしても、びっくりしたぞ」

「なにが」

「こいつさ」

琢ノ介が滝上の死骸に目を落とす。

「戦っているときと、死んだ顔がまるっきり別人じゃないか。いったいなんなんだ、こいつは」

「さあな。化け物であるのは確かだ。斬り合いになると、全身の関節が柔らかくなって、思わぬ角度で刀が襲ってくるようだ」

「顔が変わるのも、そこらに原因があるということか」

直之進は琢ノ介とおきくを交互に見た。

「しかしどうしてここがわかった」

「偶然にすぎぬ」

琢ノ介が説明をはじめた。

「昼飯を食べようとして、町の者からうまい鰻屋があるときいたんだ。冨久家とかいったな。だが道に迷ってしまった。おきくと二人、歩いてきたら、直之進が戦っていたというわけだ」

「そういうことか」

直之進は体から力が抜けた。緊張の糸が心地よくほどけてゆく。

とにかく、ひとまず沼里の危機は回避したといっていい。

直之進はそばに立つおきくに目を向けた。

おきくがほほえんでくれた。

心を和ませる笑顔で、直之進は気持ちが安らぐのを強く感じた。

しかし、これで終わったわけではない。

まだ堀田備中守がいる。このまま手をこまねいているはずがない。

直之進は狩場川の流れに目を向けた。
まだ見ぬ老中首座が薄笑いを浮かべていた。

この作品は双葉文庫のために書き下ろされました。

双葉文庫

す-08-12

口入屋用心棒《くちいれやようじんぼう》

待伏《まちぶ》せの渓《たに》

2009年2月15日　第1刷発行
2020年8月31日　第9刷発行

【著者】
鈴木英治《すずきえいじ》

【発行者】
箕浦克史
【発行所】
株式会社双葉社
〒162-8540 東京都新宿区東五軒町3番28号
［電話］03-5261-4818(営業)　03-5261-4833(編集)
www.futabasha.co.jp（双葉社の書籍・コミックが買えます）
【印刷所】
株式会社新藤慶昌堂
【製本所】
株式会社若林製本工場
【カバー印刷】
株式会社久栄社
【フォーマット・デザイン】
日下潤一

ISBN978-4-575-66367-9 C0193
Printed in Japan